GOBOOKS & SITAK GROUP©

GOBOOKS
& SITAK
GROUP©

三日月書版

三日月書版

轉職條件
魔王
雪翼著
泱泱大國繪
Presented by
XueYi and YangYangDa
04
輕世代
FW333
三日月書版
to Change Career
Demon King to Hero

怠惰な魔王の転職条件

How to Change Career from Demon King to Hero

怠惰魔王的轉職條件

目錄

CONTENTS

怠惰魔王的轉職條件

角色簡介

征服世界也好、**毀滅**世界也罷，通通交給隔壁**新來**的魔王去**處理**吧。

羅亞

第四十四任魔王。宅屬性家裡蹲，討厭麻煩、極其懶惰。

怠惰魔王的轉職條件

角色簡介

您的未來徹底沒救了。

瑟那

魔王的管家兼監護人。精明幹練、
氣質優雅，內藏腹黑毒舌本性。

CHARACTER
FILE,SENNA.

怠惰魔王的轉職條件

角色簡介

你想要什麼我都答應你，就算要我以身相許也沒有問題！

夏洛特

勇者世家的後裔。天然呆、熱情博愛，不知為何非常崇拜羅亞。

怠惰魔王的轉職條件

角色簡介

我的名字是白織，不是白痴啦！

白織

姓氏特殊的普通少年。吐槽役、膽小怕事，但十分重視友情。

怠惰な魔王の転職条件

第一章

龍族少主的請求

How to Change Career from Demon King to Hero

風和日麗的明媚午後，如茵的草地上坐著外貌看似少年與青年的兩名魔族，正趁著四下無人，交頭接耳地密談著。

被金黃的日光照得眼花，魔王忍不住抬手遮擋強烈的光線，粉紅髮絲晒得發燙，彷彿就要融化了。

「瑟那卿，能不能換個地方講話？這裡很熱，我覺得快被晒死了……」

「當然不行，」臉上戴著太陽眼鏡的瑟那，果斷地打斷羅亞的抱怨，「如果是王，這一點溫度根本不算什麼。」

「……你有種就給我脫下太陽眼鏡啊，該死的。」羅亞憤恨不平地抗議。

「何況，多晒日光有助於強健骨骼，同時也能預防骨質疏鬆，是在暗黑大陸上遇不到的大好機會呢。」瑟那卿鏗鏘有力地逕自說著自己的見解。

「我們是魔族，陰暗潮溼的氣候本來就比較適合我們。」羅亞簡直要被逼出眼淚來了，即便事前在身上抹了一層強力的防護霜，皮膚還不至於灼傷，但還是有些吃不消。他體內流竄的血液本能地抗拒著陽光，內心的排斥明白地寫在了臉上。

但瑟那只是笑看著氣急敗壞的魔王。「讓我們回歸正題吧，您說利利怎麼了？」

利利，全名是克利斯汀，是魔王豢養的寵物——一隻體積龐大的龍。

「牠說什麼都不肯離開，瑟那卿你就不能想想辦法嗎？」面對氣勢洶洶的龍，連平日裡事事擺爛的魔王都失眠了好幾晚，要知道，這對他而言簡直是接近酷刑的懲罰。

「真是太好了，魔王陛下，您養了一隻忠心的寵物，即便在您受到眾人背叛時仍不離不棄。我相當佩服牠的勇氣，真是隻稱職的寵物呢。」瑟那一臉興災樂禍地表示。

「現在是說這個的時候嗎？」絲毫不理會對方嘲諷滿點的尖酸語氣，魔王態度堅決，只問了最想知道的事情，「所以，你要是有什麼辦法的話，就快點告訴我，立刻、馬上。」

「這段期間您都將牠藏在哪裡?大家都以為龍已離去，要是被人發現牠還藏身在學院裡，事情可就不好辦了。」瑟那的眉毛微微一挑，逕自推測，「龍的體積龐大，若是待在您身邊的話不可能沒有人察覺，但化為人形的話就另當別論了。不過，那怎麼樣也是成年男人的姿態，這幾日我並沒有從其他導師口中打聽到什麼有趣的消息，所以到底是在哪……」

「在我的房間裡。」還沒等對方問完，魔王已經眼神死到不能在死地公布謎底。

「想不到只是隔了一段時間沒就近照顧陛下的身心健康，您如今的喜好竟然那麼重口味。陛下，跨種族間的禁忌戀情是不會有什麼好結果的。」瑟那唯一能做的，就是盡量避免自己的嘴角抽搐起來。

「你想到哪去了，」魔王不顧王族禮儀，粗俗地翻了個大白眼，「事情不是你想的那樣。」

「喔？」瑟那意有所指地挑高了眉。

「因為宿舍房間的空間有限，利利這幾日都躲在床底下，夜深人靜的時候我才允許牠出來透氣一下。」心虛地小聲解釋，魔王的眼神飄至遠方。他絕對沒有違法，一切都是寵物自願的。

「真是悲慘。」一不注意便脫口說出內心想法，接觸到來自魔王的不善眼神後，瑟那立即識趣地改口，「屬下是說，您知不知道這樣涉嫌虐待動物，而且對象還是瀕臨絕種的稀有物種？」

「但是，你口中說的稀有物種堅持要粘在我身邊，趕都趕不走。為了大家好，自稱為監護人的你不就該想出解決辦法嗎？」魔王心一橫，決意要將燙手山芋丟給其他人處理，自己只要聽取對方的建議就好。

瑟那知道他這是被遷怒了，不過在等待魔王息怒的時間，他覺得有必要提醒一句：「棄養依王國律法可處二十年有期徒刑。」

沒辦法，這年頭愛護動物的人都有些敏感，一不順他們的意，很可能會吃不完兜著走。

「……誰說我要棄養的？」

「可是您還是遲疑了不是嗎？」

「……」魔王一時間想不到可以反駁的話。他想要棄養嗎？這個嘛，雖然有寵物陪伴的日子確實為枯燥乏味的生活注入了些許趣味，但缺點就是太纏人了。

「話說回來，利利還好嗎？」忽然意識到在談話間似乎少了那隻龍的近況，瑟那轉移話題問到，卻立刻得到魔王的嚴厲警告。

「不能說出那個名字！」

「嗯？」

可惜顯然為時已晚，遠遠的就可以聽見一道迅速接近的聲音，伴隨著滾滾而來的大量煙塵，不到幾秒，只見一道人影猝不及防地撲抱過來。

「是主人在呼喚我嗎？雖然我不是隨傳隨到的類型，你可別誤會了，但偶爾這樣其實也不錯啦。」

看樣子還是隻傲嬌屬性的龍。

「看吧，都是你的錯。」片刻後，魔王的嗓音從原型是隻龍的成年男人身下悶悶傳來。

此時的羅亞整個人躺倒在草皮上，瘦弱的身軀還得額外承受一隻「龍」的重量。

「哎呀，原來是瑟那大人，好久不見了。可以麻煩您靠過來一些嗎？只要一些就好了。」名喚克利斯汀、小名利利的龍此時才察覺到久違的瑟那，臉上立即堆滿了友善的笑容，招了招手。

「有什麼事嗎？」

瑟那依言老實地湊了過去，卻在最後一秒改變心意，反手將猛然襲來的龍爪硬生生擋下，像是早預料到對方會出此險招。青年冷厲的目光掃向只有攻擊的那隻手臂覆滿龍鱗獸爪的男人。

利利見狀只是展開不懷好意的笑顏，爪子緩緩朝前方施壓。「瑟那大人，永遠不要忘記龍是記性很好的生物，同時也是報復心強的物種。」

「我可不記得自己有做過什麼能讓龍怨恨的事。」瑟那氣定神閒地推開龍的爪子，一副置身於外的模樣。

「明明就有！」利利卻指證歷歷地控訴，「當初是您跟魔王陛下將我遺棄在了空蕩蕩的魔王城，再怎麼樣我是寵物啊！要進行長途旅行之前起碼也記得帶上心愛的寵物吧，這可是常識！」

但很顯然，有人忘得一乾二淨了

「先從我身上下來再說啦，笨蛋利利。」不一會，魔王的抗議聲再度傳來，利利趕緊遵從少年的指示，畢竟他向來以身為聽話的寵物自傲。

「您變得可真多啊。」瑟那見狀不由得感嘆起時間無情的流逝，竟然能讓對方的性格有如此巨大的轉變——他這話是對那隻性格乖僻的龍講的，「龍族的少主殿下。」

沒錯，利利的真實身分是背負龍族傳承、並有著復興失落帝國的偉大抱負的龍族少主——克洛伊格爾。原本好好的一個名字卻被某人嫌棄不好唸，硬是改了名，還擅作主張地以小名來呼喚對方，任性的程度可見一斑。

但即便對方是尊貴的魔王陛下，這隻龍再怎樣也是一族的少主，卻屢次任由陛下胡來，這也是瑟那百思不得其解的事。

魔王跟龍之間的淵源得從四百多年前的一場戰役說起。那時候的魔王尚年幼，而年輕氣盛的龍正值心高氣傲的階段。

當時的魔王還是羅亞的父親，他統整了魔族大軍，討伐由人族數個王國聯合組成的烏合之軍。雙方的實力懸殊，本來是立即就能分出勝負的戰役，卻出現扭轉戰局的變動：龍族。

不知出自何種原因，龍族的王與人族的幾位國王達成了祕密協議，一向中立的龍族竟然選擇支持人族，成為了相當大的助力，雙方打得難分軒輊。

那時候當年才十幾歲的羅亞，透過房間裡的窗戶眺望著不遠處延燒了數百里的戰火。金屬刃器相互碰撞的光影，倒映在對魔族而言仍屬幼齡的雙瞳裡，空中還有伺機而動的龍族盤旋。

觀望了片刻，魔王的唯一繼承人很快就膩了。他討厭戰爭，嚴格說起來，他討厭任何吃力不討好的麻煩事。為什麼大家就是不願意悠閒地過日子呢？沒有什麼比午後時光懶散地打個瞌睡更愜意的事情了。

雖然戰爭不見得每次都是由己方發起，但長期一來一往地「交流」，讓羅亞不由得心生厭煩，甚至賭氣地心想，乾脆在這塊大陸上立下禁止進入的牌子，嚴格管制非我族類跑來不自量力地騷擾魔族算了。

羅亞覺得悶極了，便招來當時還沒擔任管家一職、只是貼身執事的瑟那。

「吶，瑟那，我活得太久，有些煩了，你說怎麼辦？」

「這話不該由尊貴的殿下口中說出，何況，您的歲數尚未長到讓每一位魔族同胞都認可您的存在。所以在那一日到來之前，請繼續討人厭地活著。」

瑟那展現出高度的耐心，只是回應的內容絕大多數時候都會讓人忍不住想掐死這位笑裡藏刀的男人。

不過有一點，魔王繼承人想親自澄清。

「我不覺得我很討人厭。」

「那是您自我感覺良好。」

「……你不覺得說出這種垃圾話的你，比我更加討人厭嗎？」羅亞不悅地皺起眉頭，認真地詢問。

「不覺得。別看屬下這樣，我可是蟬聯三屆『最想嫁的男人』排行榜上的第一位，這是匯集魔王城內所有女僕意見之後統整出來的結果，可信度絕非一般。」瑟那臉不紅氣不喘地挺起結實的胸膛，似乎還略有幾分自鳴得意。

既然事實為何無從考證，那麼自然是由對方說了算了。

魔王繼承人也不打算認真放在心上，左耳聽聽、隨即就從右耳鑽出來見客了。

緊接著，羅亞對瑟那提出顯然並非生平第一次的任性要求：「把外出需要的東西備齊，我們要出去一趟。」

「可是殿下，外面正在打仗呢。」瑟那冷靜地回應。

「我知道啊。」羅亞一派輕鬆地說，彷佛壓根不在乎自己即將成為戰場中最引人注目的活動標靶，「所以，我才想出去送死的嘛，你不陪陪我嗎？」

「可是……」瑟那愣了愣，似乎努力地在腦袋中找尋適當的詞彙。

「你不會在擔心我吧？」羅亞覺得很新鮮，難得能在那張看得有些膩了的臉上看見陌生的情緒。

「不，」瑟那磁性的嗓音很快否定道，「屬下只是由衷地希望，您就算去尋死，也請不要給外面的人添麻煩。」

「我不想要再看到你了。」魔王繼承人也由衷地吐出自己的心聲。

羅亞的心情看上去糟糕透頂，原本不算壞的情緒全被瑟那打亂，但依然沒有阻止他想去外面晃晃的念頭。

周遭的景色是激烈的戰事，正如火如荼地開打中，耳邊充斥著各種交織在一起的吵雜聲，一時間難以分辨敵人或自己人。

羅亞卻猶入無人之境，似乎憑著運氣安然無恙地穿越危機四伏的環境，普通的金屬兵器根本難以傷他分毫。若是勇者手中會發出聖光的那種劍還有機會傷害魔族，不過這群人族顯然都是普通士兵，用不了多久，魔族大軍將會大獲全勝，這是必然的結果。

看樣子，龍族的王壓錯了籌碼。

羅亞左看右看，踏上鄰近自己腳邊的那條路。「我要去人族的市集逛逛，聽說那裡很熱鬧，瑟那卿你就不用跟來了，我會自己看著辦。」

「不，您不會。而且您似乎忘記了自己是個路痴。」瑟那只是看著他，冷冷地說。

羅亞雖然盡量擺出不受動搖的樣子，但還是難以接受這類大逆不道的發言。他正準備發難，卻被瑟那搶先了一步。

「何況，那裡距離暗黑大陸可是有十萬八千里遠，就憑您是辦不到的。」而且兩地之間還隔了一座海洋，再怎麼想都不可能，不如趁早放棄。

「我一直想在死之前去那裡看看。不是有那種死前必做的願望清單嗎？這就是我的第一項。」羅亞不願輕易被對方的三言兩語勸退，固執地說。

「您就那麼篤定自己會死嗎？」瑟那的聲音很輕，表情微妙，連他都說不上來為什麼。

「嗯……你忽然這樣問我，我也很難回答。」羅亞的眼神平淡，沒有現出一絲哀傷，頗不以為然地聳肩，「因為這是必然的結果吧。身為魔族就一定會被勇者除掉，就好像討人厭的蟑螂會被拖鞋打死一樣，這是世人都知道的事。」

「如果陛下知道您竟然將偉大的魔族比喻成害蟲，不知會作何感想。」瑟那不給面子地抽了抽嘴角。

「總之，你不要跟來就對了。」羅亞的聲音一沉，擺出居高臨下的姿態，以強勢的語氣命令。

瑟那沒有再往前邁出一步，眼睜睜地看著小主人走遠。他左右看了看面前延展的兩條路，一條是通往港口碼頭的必經道路，在那裡可以乘坐渡輪前往其他大陸；但另一條卻恰巧是條死路，不只如此，路肩還立著畫有死亡標誌的告示牌。

只要在魔王城裡任職過一陣子的員工，都不可能不知道那條路通向何處——生存機率只有一半甚至更低，俗稱死亡深淵的地方。

不過事實上，死亡深淵其實只是魔王陛下專門設置的練兵場，內含多種險峻的地形、各式足以一擊斃命的陷阱以及毒蟲猛獸，任何人進去都要抱持出不來的心理準備。

下一任魔王的生命即將就此逝去，而且還是死在自家老爸手裡，瑟那可不能讓這種悲劇降臨。更何況，他從來不曾屈服於惡勢力之下，於是，他堅定地踏出步伐，然後，焦急地找人。

殿下真的要死了，這對誰而言都不是個好消息。

於此同時，誤入死亡之竟仍毫無自覺的羅亞正深入林地，腳步從容地走著。他完全忘記自己是路痴，憑藉著向來不怎麼可靠的方向感前進，邁向未知的目的地。

忽然間吹來一陣涼風，普通人應該要感覺到背後莫名竄起的陰冷涼意，連忙回頭尋找正確的路徑才是，羅亞卻面不改色地繼續前行，直到不慎踩陷了地上的一塊石板。

似乎是機關。

「殿下，小心！」

羅亞將悠閒的目光投向身後的聲源，就見臉色蒼白的瑟那飛奔而來，一把拉過他用肉身擋在前方。緊接著，三顆不知從哪冒出的大火球凶猛地砸落，閃避不及的執事當場被炸了個正著。幸好他及時施展了水系魔法，降低了火球的威力，但頭髮還是不可避免地被波及到，隱約竄出輕微的焦味。

「瑟那卿，不是讓你別跟來嗎？」

「陛下給我的命令是要保護殿下，當兩者的命令抵觸時，屬下能憑藉自由意志判斷輕重，而這就是我的決定。」

「原本都好好的，直到瑟那出現才變這樣。快點回去就是了，不要妨礙我。」羅亞嫌棄地擺了擺手，顯然不怎麼領情。

瑟那危險地瞇眼，眸色冷了幾分。「一點都不好，您知道這裡是哪裡嗎？此地是陛下的練兵場，若是不熟機關布置的閒雜人等闖入，都只有死路一條。」

「喔？我就覺得奇怪，怎麼跟我印象中的那條路長得不太一樣……嗯？」羅亞低下目光思忖著，腳步不經意地向後挪移，卻無預警地踩到另一處下陷的石塊。

「殿下的這聲『嗯』怎麼讓我有種不好的預感。」瑟那的內心頓時狂冒冷汗，下一秒，壞預感立即應驗了。

咻咻咻三聲破空而來，啟動的機關射出了被綑綁在一起的羽箭，箭身在半空中自動解體，無數鋒利的箭矢劃出致命的弧度，凶猛地直指兩人。

這種時候，護主心切的瑟那一把推開少年後，轉身面對來勢洶洶的攻勢。他凜然的眼神無所畏懼，張開雙手，看似要為羅亞擋下攻擊，實際上卻在眨眼間完成幾十次的抓握，徒手將箭身牢牢抓在手裡，一個都沒落下。

「瑟那卿，我……」羅亞的嗓音從後面幽幽傳來。

「別擔心，屬下會保護您的，您只要待在我身後就可以了。」瑟那卿咬緊牙關，同時身體也沒閒著，展現傲人的柔軟度，不管是由哪個刁鑽的角度飛射而來的箭矢，他都能準確地一一接下，最後再一個半空翻轉，優雅落地。

但羅亞沒那麼好的興致欣賞自家執事的帥氣身姿，他現在被一個問題深深困擾著。「瑟那，我好像又踩到了什麼，你可以過來幫我看看嗎？」

「什、什麼？」瑟那簡直不敢相信自己的耳朵，臉色當即垮了下來，方才成功徒手接下箭矢的得意，在瞬間蕩然無存。

就在這短短的時間內，羅亞誤觸的機關再度被啟動，一根碩大的木樁劃過半空，挾帶著驚人之勢朝他們擺盪過來。

而對忽如其來的狀況，瑟那閃避不及，伴隨著一聲悶哼被撞飛出去。

「不是說好要保護我，這麼快就壯烈犧牲了啊，沒用的傢伙。」羅亞冷眼旁觀，絲毫不予同情。

他覺得膩了，打算循著原路折返回城，但才走了幾步，不好的預感無預警地萌生。羅亞僵硬地低下目光，他邁出的右腳恰巧覆在地上怎麼起眼的機關。

下一秒，踩在地面上的實感忽然一空，緊接而來的是讓人慌張無措的下墜感——原來這處還藏了暗門！他來不及反應，只能任憑未知的黑暗在瞬間吞噬自己，直至暗門再度闔上。風吹來落葉，巧妙地遮住地上的痕跡，一切回歸平靜。

墜落時感覺相當漫長，底下似乎是深不見底的深淵。羅亞回過神，眼明手快地抓住壁面上的一個凸起物，才總算止住落勢。

他在半空晃蕩，腳下的黑暗似乎永無止境。看樣子，這關卡大概是考驗士兵的臨場反應。戰場上的狀況千變萬化，誰也料不到敵人會出什麼險招，最好的辦法就是因應各種狀況先行訓練，所以現任魔王才會設計出這麼一套折磨士兵的對策。

如今，還差點讓自己命喪黃泉，羅亞在心底默默對魔王比了個不雅的手勢。不知道對方得知自己的唯一繼承人就要掛了時，臉上會是什麼樣的表情。

這裡彷彿是時間凝滯的空間，黑暗裡靜悄悄的，只聽得到自己間歇的喘息聲。羅亞整個人以危險的姿態懸吊在半空中，眼看支撐自身重量的手臂逐漸疲乏無力，他只能勉強使出全身的力量擺盪，順著劃過的弧線，落入附近的通道口，看樣子這個地底空間不只有一條地道。

少年沒有多想便舉步前進，魔族的夜視能力極佳，即便是在完全無光的空間依然能分辨出周遭景物的輪廓，這點陰暗對他並不構成任何阻礙。

何況，再怎麼說，這裡都還屬魔王城的管轄範圍，不論遇上什麼古怪的生物，見到他還是得禮讓三分，自然沒有任何畏懼的理由。

這時候，前方忽然傳來撞擊的聲響，回音在整座地道繚繞。餘音未止，一道黑影舉步維艱地朝羅亞的方向走來。

黑影的真面目似乎是個男子，他伸長手臂，像是想抓住前方的什麼，但每次嘗試都只能撈到空氣。男子走到了羅亞跟前，卻連看也沒看他一眼，逕自轉了個彎，然後狠狠撞上地道的壁面，發出響亮的碰撞聲。

「啊！可惡，該死的，這裡到底是什麼鬼地方，怎麼跟父王說的都不一樣！」隨之而來的是男子的罵聲。

由此可見，男子的夜視能力極差，而且不知基於什麼原因也被困在這裡了。不同的是，魔王繼承人是這裡的主人，不至於落入對方那樣的窘況。應該說，他連被困在這裡的自覺都沒有。

男人似乎沒有察覺有名少年在默默觀察他，只是退開了幾步，然後漫無目的地繼續亂闖。因為在黑暗中寸步難行，他還跌倒了好幾次，狼狽爬起後卻一副沒注意到自己全身是傷的樣子，或者說，他根本毫不在意。

看到對方的手被劃開了幾道鮮血淋漓的傷口，羅亞也不知道自己是怎麼搞的，當他意識到時，已經一把抓住了那雙傷痕累累的手，強行替對方療傷。

然而，此舉可把男人嚇得不清，他渾身用力一震，嚷嚷道：「哇，是誰?!

快放開，你這無禮之徒，我可是龍族的少主，輕而易舉就能要了你的小命，聽到了沒！」

「那，尊貴的龍族少主，您怎麼會隻身跑到這裡來？記得沒錯的話，這裡可是魔族的根據地喔。」

「唔，」男人一時語塞，支支吾吾答不上半句，最後才勉強說明，「父王讓我先埋伏在這裡，等時機成熟再一舉瓦解魔界大軍，結果我不小心困在裡頭了——」

羅亞沒什麼興趣了解意外是如何發生的，直接打斷對方。「我記得沒錯的話，龍族的夜視能力沒有這麼差勁啊。」這一句話沒有任何批判的味道，只是單純地陳述事實。

「那是只有龍的型態才是如此。」男人的聲音聽起來有些悶悶不樂，「話說回來，你到底是誰啊？而且還一直抓著我的手，我可沒興趣跟陌生人在伸手不見五指的黑暗裡談戀愛。」

「……你的手受傷了。」

「是這樣嗎？不行，我什麼都看不見。」男人迅速抽回手，放在自己眼前檢查，迎接他的依然是一片黑暗。

「我替你治療。」羅亞不由分說地將自己體內的魔力一點一點輸送過去，片刻後，男子手上的傷口逐漸癒合。可惜的是，本人似乎不怎麼在意，還迅速轉移焦點，反抓住羅亞的手。

「你還沒說你是誰！」

羅亞選擇不回答。答案足夠明顯了不是嗎？會出現在這裡的除了迷途的龍族外還能有誰？自然是這塊土地的主人。

但面前心高氣傲的龍族顯然少了不只一根筋，也不具備察覺事實的敏銳度，腦袋可能也沒裝什麼有用的東西。

否則的話，必然可以靠自己逃離這裡吧？而不是像隻無頭蒼蠅般在原地打轉。

見羅亞沒有答腔的意願，龍族少主沉默片刻，而後似乎想通了什麼，頓悟地挑高眉毛。

「啊，我知道了！你是住在這些地道裡的生物吧？矮人族？還是地精？你不回答，我就當作是其中之一囉。順道一提，我是克洛伊格爾。」龍自顧自地說著話，全然不顧聽者的意願。誰讓對方是黑暗裡唯一的傾聽對象，就像救生浮木，他無法控制地抓緊不放。「順道一提，我是克洛伊格爾。」

「……嗯。」羅亞擺明不想和此人扯上關係。他從小就有個壞習慣，即便身為魔王繼承人，他就是無法對受傷的小動物置之不理，即使對方明顯是小動物以外的生物。

克洛伊格爾仍然自顧自地說著話，很大一部份的原因可能是他根本看不到羅亞此刻的表情。「什麼嘛，你話好少喔。不過你能找到我，就代表你能從黑暗中看到我對吧？可以看到我比的手勢嗎？」

在回答之前，羅亞直接二話不說地賞了龍族少主一巴掌。

「痛，你幹嘛忽然打我！」

「沒事，只是有些火大而已，你沒事吧？」羅亞毫無感情地說。

「這種話不應該是在打人之後才說吧……」

有鑑於自己比的是兒童不宜的不雅手勢，自知理虧的克洛伊格爾默默收回手，這下更加確定了一件事，對方一定看得很清楚。

「不過，你還真厲害啊，不愧是地精先生。好啦，現在可以了吧？」龍族少主非常大方地對初次結識的陌生人大吹彩虹屁，只不過羅亞不吃這一套。

「可以什麼？」

「帶我到出口啊！既然這裡是你家，這點小事對你而言應該易如反掌才對！」

這隻龍的要求在羅亞耳中聽來有些厚臉皮，他微微皺眉表達不悅，不過眼下等同瞎子的龍完全感受不到。

「身為龍族的少主，你應該明白，有所求的話就應該提出合理的回報及酬勞。」

「這麼說也是。」克洛伊格爾頷首，偏過頭，直白地問道：「那麼，你想要什麼？」

「我什麼都不要，給我滾開就對了。」以身為主人的姿態，羅亞毫不留情地對闖入者下達逐客令。他粗魯地推開男人，逕自大步前行。

還沒走幾步，少年的腰際一緊，有堵堅實的肉牆從後面貼了上來。

克洛伊格爾從後方緊緊環抱住羅亞，可憐兮兮地開口：「我怕黑，不要把我一個人丟在這個陰森恐怖的地道裡，可以嗎？」

「誰管你怕不怕黑，給我鬆手。」羅亞臉色大變，使勁掰著腰上那雙異常有力的手臂。

「別別別，就這樣帶著我出去多好。」顯然得寸進尺的克洛伊格爾牢牢抱住少年，還把臉靠上他的頭頂磨蹭，就是要整個人都貼在對方身上。

「……」莫名的肌膚相親讓少年的耳根燃起羞赧的熱度，心臟跳動的速度猛烈加快。他倒抽一口氣，始終懶散的神情閃過一絲惶恐，腦袋轟一聲炸成一片空白。

在恢復意識之初，羅亞的視野忽然變得清明，適應了黑暗的雙眼一下承受不住大量光線而緊閉。過了片刻，少年緩緩睜眼，發現自己坐在一座巨大的地坑裡，彷彿剛被隕石砸過。

前方有抹人影逐漸接近，是模樣有些狼狽的裸體男人，深褐色的長髮雜亂地批在肩後，額頭上還頂著兩支長長的犄角。克洛伊格爾在羅亞旁邊蹲坐下來，神采奕奕的雙眼散發出興奮的光彩。

「地精先生好厲害啊，你知道你剛才把你家給炸了嗎？」

原來，方才羅亞的記憶之所以會出現一瞬的斷片，是因為內心太過震撼，導致大量魔力在瞬間湧動。他一時失神難以壓抑，結果就產生了爆炸般的魔力外洩，直接把他們炸出了地道外。

但這場爆炸來得真是時候，他們總算得以重見天日了——即便過程中稍有些不愉快。

沉默片刻後，爆炸倖存者之一的羅亞首度出聲：「我不是地精。」

「我想也是。」克洛伊格爾卻像是早就知道了，伸手撫上對方的頰。龍族少主的五官在日光底下看起來更加深邃俊朗，「地精怎麼可能會有一張這麼好看的臉呢。」

「……」媽媽，這裡有變態。

而這，就是魔王繼承人與龍族少主第一次的相遇。

此後，克洛伊格爾就像發了瘋般纏著羅亞，口頭上說是要報恩，但明眼人都知曉他的動機不純。

不僅如此，明明魔族與龍族之間正隸屬對立的陣營，但也不知道是怎麼回事，龍族忽然化干戈為玉帛，不但中止對人族軍的支援，還頻頻向魔族示好。據說這都是克洛伊格爾的功勞。

表面上一副大義凜然的模樣，但羅亞深深懷疑對方這麼做不過是出於私心，因為他踏足魔王城的次數已經頻繁到簡直是擾魔的程度了。

「你以為你這麼做我就會開心嗎？」

某天，羅亞終於忍不住怒聲質問龍族少主。兩族間的休戰竟只是因為對方的任性要求，而非震懾他這未來的魔族之王的威勢，這讓他顏面何存啊。

所以，不如趁機攤牌把對方趕走，反正他早就受夠了這個總是自說自話的笨蛋龍族少主。

「你難道不開心嗎？」克洛伊格爾只是用著溫和的嗓音反問。

「嘛，也不是這麼說啦，只是……」龍族主動求和自然是免去了魔族的一大隱患，只是他怎麼樣也沒料到事情的發展會是這樣。

現在的他還不是正式的王，只是繼承人。他不想因為這件事欠人人情，更別說對象還是隻龍。

「對了，前幾天說的提議你不是說要考慮，現在可以答覆我了吧？」

羅亞的腦袋忽然當機，頓了下，才後知後覺地醒悟過來對方指的是什麼。

確實曾經有那麼回事，只不過當下他也沒想那麼多，只想敷衍了事。沒想到對方記得一清二楚，他是認真的。

克洛伊格爾打算搬進魔王城。

但就結論而言，當然是——

「不行。」

「咦，為什麼？」

「沒有為什麼，只有跟魔王城有密切關係的人才能住進來，我們可不打算收留來路不明的龍。」

「我才不是什麼來路不明的龍，而且，我全身上下不都被你摸遍了嗎？」

「準確的說法是你摸我，除此之外，我們還能有什麼關係？」

「所以說，只要和魔王城有關係就可以了嗎？」

「理論上來說是這樣。」

「那就好辦了啊。」克洛伊格爾的臉上浮現高深莫測的神情，「你看，在你面前的不正是一隻龍嗎？大家夢寐以求的龍？」

「所以？」羅亞還是摸不清對方倒底想說什麼。

「我就勉為其難地答應你吧，當魔王城的寵物。」說是這麼說，克洛伊格爾卻一副樂在其中的樣子。

「……」羅亞癱著一張臉，表面上不為所動，內心卻早翻起驚滔駭浪，大腦凍結，說不出半句話。

「最近不是流行飼養稀有寵物嗎？龍本來就是難以馴養的生物，更何況我還是龍族少主，擁有了我，大家一定會對你刮目相看的。」

克洛伊格爾厚著臉皮推銷自己，語氣中的驕傲讓人無法忽視。看來他是真的打算全心全意地扮演家寵的角色。

羅亞被他說得有一點動心。只不過，他不想讓對方那麼快就稱心如意。

於是，魔王繼承人與龍族少主約法三章：成為魔寵後不能再像現在這樣總是粘著他；要老實地待在固定的地方；為避免奇怪的傳言，平時都要以龍的型態示人，必要的時候才能變成人形。

原本以為這些看似嚴苛的條件足以逼退對方，結果竟然被爽快地一口答應。

至此，龍族少主便愉快地在魔王城住下，理所當然的態度令人忍不住咋舌。

即使後來龍族因為某些因素逐漸式微，克洛伊格爾也未曾動搖，徹底展現了自己的忠誠，不願背棄羅亞給他的新名字。

龍族中有個不成文的規定，一旦接納他人給予的新名字，就視為契約產生，雙方間因此建立深厚的羈絆。

「你的名字是，克利斯汀，簡稱利利。」

「莉莉？」克洛伊格爾一臉難以置信，最後才驚叫出聲，「但是我是公的啊啊啊！」

如此這般，不堪回首的往事回顧到此結束。

「所以，事情就是這樣。」魔王不負責任地丟出草率的結論。

「但這跟我又有什麼關係？」瑟那莫名有種預感，自己一定不會喜歡接下來的回覆。

「為了讓我貫徹對主人的忠誠，請務必讓我也進入勇者學院裡就讀，麻煩瑟那大人了！」克利斯汀臉不紅氣不喘地朗聲宣告。

瑟那本來想說什麼，但察覺出一絲異樣，敏銳地反問：「……您不反對？」

「你似乎搞錯了重點，現在壓根不是我反不反對的問題。」魔王懶洋洋地開口，不以為然地撇嘴，「只要利利不要再為了此事煩我，什麼都好說。」

「……看不出來您挺在乎利利的。」瑟那停留在羅亞頰上的目光似乎捕捉到可疑的痕跡，似乎是抓傷，不難想見，利利是如何對魔王陛下伸出牠的龍爪。

「咳，總之，」羅亞刻意咳了聲清清喉嚨，一撥髮，巧妙地遮擋某道可疑的抓痕，「利利就交給你了，就憑學院導師的身分，安插一個來路不明的轉學生，應該不是什麼太大的問題才是。」

問題可大了，您以為我是誰啊？學院是魔族的家族企業還好辦，可偏偏是在勇者的地盤上，要掩護一個就夠累人了，還來一個，您是存心想找碴的吧！

瑟那的表情雖維持一貫的優雅有禮，內心的怒火卻已經咆哮著要出來痛揍眼前這位據說是他頂頭上司的粉髮少年了。

「怎麼樣，那什麼眼神，有意見就說出來啊！」魔王說這話的當下毫無情緒波動，語氣隨意得彷彿是在問人等等是否要一起共享午餐。

「利利大人作為學生的身分，是不是有一點太超齡了？」

「超齡？可是我的容貌在人族眼中看來也才二十出頭啊！」利利急忙替自己俊美的外貌喊冤。

「這就是重點，在這裡就讀的學生幾乎都是十幾歲的少年少女。」瑟那忍不住開口提醒，「利利看起來比較像導師，再怎樣都不會像同齡的勇者預備役。」

「那我也可以學瑟那大人當一名稱職的導師啊！只要能陪在陛下身旁，讓我做什麼都可以。」

於是，在沉默半晌後，瑟那只是回答：「我明白了。」

他的笑容卻僵硬的凝固在臉上，縱使心底有千百個不情願，但為了魔王陛下以及這隻不知天高地厚的笨龍，他也只能含著淚水忍了。

怠惰な魔王の
転職条件

第二章

善心集點卡

How to Change Career
from Demon King to Hero

在美好的早晨時分，大家早早就起來圍坐在學生餐廳，品嘗著各自偏好的食物，部分學生身旁還跟著服侍的隨從。羅亞意外地今天沒有偷懶，準時出現在眾人眼前，但臉上明顯寫著惺忪的睡意。奇蹟發生的原因，似乎得歸功於一旁那位執事打扮、深褐色長髮紮成俐落馬尾的男人。

「那個，請問你是……」白織猶豫地開口。

「看起來是生面孔呢，沒看過你，你是從哪冒出來的！」菲莉蕬直白地打斷眼鏡少年，以自己的方式將問句重新詮釋一遍。反正是相同的意思，目的達到就可以了。

「讓他自己回答吧。」半夢半醒地咀嚼著食物，魔王懶得說話，將發言權扔給了身旁的男人。

「我是克利斯汀，小名利利，不過你們不可以這麼叫我，那是專屬一個人的權利，當然對方是誰必須保密！」克利斯汀的自介說到這邊，大家的目光不約而同地落在羅亞身上。雖說是保密，但謎底根本就不難猜。

「除此之外，我沒什麼好談的！」克利斯汀狂妄地睥睨著眾人，「要是哪天你們決定臣服於我的腳下，就儘管追隨我吧。雖然我無法回應你們的迷戀，畢竟我是個有故事的的神祕男人。」

一時間，大家無言以對。偌大的學餐裡吵雜聲依舊，就只有他們這桌陷入寂靜，瀰漫著一股難以形容的尷尬氛圍。

魔王差點被手中的熱飲嗆到，眉宇間露出煩躁的神色，輕聲訓斥：「不要說多餘的話。」是想要害他更加受到矚目嗎？

不知過了多長的一段時間，才終於有人想起了基本的禮貌，從定格狀態回神過來。

「你是羅亞的新隨從嗎？我是夏洛特，你好。」

「隨便啦。」豈料對方根本沒在聽，還以敷衍的口氣搪塞。他炙熱的視線始終停留在粉髮少年身上，分秒未曾挪開，彷佛眼前之人是什麼稀世珍寶。

「哪有人說自己很神祕的啊。」白織忍不住小聲吐槽，隨後像發現什麼般愣了楞，趕緊向鄰近的少年通風報信，「羅亞，他是不是一直在看你啊？而且盯著不放的模樣異常恐怖啊，我曾經在熱戀中的情侶身上目睹過這樣的光輝。」

「那是你的錯覺，只要不看他自然就感受不到視線了。」魔王漫不在乎地回應，神情一派從容。

「唔，是這樣子嗎……」雖然對方壓根就沒有收回火熱目光的打算，但似乎也只能這樣想了，白織尷尬地結束話題。

「真要比喻的話，比較像是寵物眼中散發出的光輝吧。」夏洛特卻笑著接口，莫名對主僕間耐人尋味的關係有點在意。

「寵物？」獸人皇女再度插話。

蒔鬼也附和這種理論。「我曾經在獵犬身上看到過這種視線，但為什麼會對野鴨有……」

「那是看著獵物的視線！阿蒔，你是不是搞錯什麼了？」若是齊格的鈕扣眼睛能夠翻白眼的話，現在肯定已經翻到後腦勺去了。

克利斯汀默默地在旁聽著一來一往的日常閒聊，看起來非常不開心。

為什麼他要和一群不相干的人共享他摯愛的魔王大人啊？還都是聒噪的

低等種族，魔族跟龍族才是最高貴不可侵犯的的存在！

「欸，你，」克利斯汀不客氣地開口，他決定先拿看起來最弱的傢伙開刀，傾身一掌拍在桌上，施加無形的壓力，「很開心是嗎？我有允許你沒經過我的同意就擅自向主人搭話嗎？你算是哪根蔥啊！」

「我們是朋友，所以……」白織不好意思地承認，鏡面上閃現期盼的光芒，等著某人的回覆。

「朋友？」龍族少主顯然對這組詞彙相當陌生。對他而言，從來就只有上下的主從關係。「少胡說了，主人是沒有朋友的。」

「嗯，我的朋友。」此刻魔王忽然開口，想也不想地再添上一句，「他們都是。」大概吧？

「怎麼會這樣……」克利斯汀不自覺地低喃出聲，陷入難以接受的打擊。

魔王的一句話顛覆了他的認知，陛下竟然與勇者成為朋友。雖然這些預備役目前還不成氣候，但總有一天必然會成為威脅。瑟那大人也不會認同的，這件事太荒謬了。

「呃，利利你還好嗎？」夏洛特見對方的表情不太對勁，好心地出聲關心。

此舉卻徹底激怒了克利斯汀，成為壓垮最後一道防線的稻草梗。就見下一秒，他一拳槌在桌上，表情嫌惡地咬著牙。

「住嘴，我不是說過了嗎？只有一個人可以叫我利利，聽懂了沒啊！！！」

「好好好，但你也用不著那麼生氣嘛。是我的錯，我誠心向你……」夏洛特試圖安撫對方，但話說到一半就被再次截斷。

「不必，你只要記得我永遠無法跟你們這些人成為朋友就夠了！」克利斯汀顯然不想再聽金髮少年說話，冷眼瞪向眼前眾人，隨即扭頭就走。

氣氛頓時一冷，再好吃的食物擺在眼前也讓人食之無味。魔王卻不受影響，迅速清光了盤子上的料理。

吃飽喝足後，羅亞站起身。「走吧，第一堂課要開始了。」

「可是那個……」白織忍不住瞥向克利斯汀離去的方向，不知該說些什麼來化解尷尬。

「不要緊的，」魔王壓根沒放在心上，無所謂地聳聳肩，「動物都有歸巢的本能。」

眾人聞言又是一愣，魔王好像又說出了不得了的發言。

就結果而言，果然跟粉髮少年料想得一樣。克利斯汀在不知道跑到哪去後，只過了一堂課的時間，又默默地出現在魔王的身邊，忠心耿耿地跟前跟後。

然而，褐髮執事對他們這些「主人的朋友」依舊抱持著不知哪來的敵意，尤其在看見金髮少年與主人之間過多的肢體接觸後，醋味變得更加濃烈，都要酸死人了。

午後的第一堂課，是瑟傑導師教授的「如何成為一名稱職的勇者&不可不知的勇者小常識」。雖然不是第一次上瑟那卿的課，但以這樣的形式上課卻是頭一回。

根據課程規定，學生可以在自家學伴的課表上任選一堂插班，一學期有十次這樣的機會，目的是為了增加學伴之間的契合度。但魔王認為這不過是在他爽混到畢業的目標前增加的不必要阻礙。例如，他身旁的少年就是最佳範例。

「瑟傑導師同意讓我插班了，」夏洛特面帶笑意地來到魔王身側，不忘補充一句，「如果你好奇我為什麼會出現在這裡，別忘了，我可是你的學伴喔。」

「我從來沒有忘記過。」反而常常因為對方出奇不意的舉止，留下了深刻的記憶。

「這麼說的話，你果然是歡迎我的囉！」夏洛特的眼睛一亮，眸中透出興奮的光彩，像隻熱情的大狗狗，只差沒有飛撲上去舔舔舔。

「話太多了。」魔王既沒有承認，也沒有否認。

「學伴！」克利斯汀無視現在是上課時間，逕自湊了過來，「那是什麼鬼東西？我怎麼從來沒有聽你說過！」

那是自然的，龍族少主在魔王城裡過著與世隔絕的生活，根本無從接觸外界的資訊。瑟那的臉色鐵青，忍不住在內心吐槽。

如果在其他情況下，他還能勉強容許，但要是有人仗著他們私下熟識，就以為能夠剝奪他當導師的樂趣，那可就大錯特錯了。

「現在是上課時間，請閒雜人等不要任意交談，若是執意如此，就請出——」

「學伴到底是什麼？」克利斯汀完全無視瑟那的警告，扳起面孔，散發出強烈的「我非常想知道答案」的氛圍。

「學伴，顧名思義就是能夠互相陪伴、互助學習的對象。」白織有條不紊地解釋。

克利斯汀似懂非懂地點點頭，接著再度提出問題。「那，要如何決定學伴？」

「首先你要先找一個對象，經過雙方同意之後，就可以簽訂學伴契約。」

這一回，回答的人換成不知何時出現的巴奈特，嘴角依然噙著友好的笑意，渾身散發著乖寶寶、好學生的氣息。

「那我也要跟你簽訂契約！」克利斯汀轉向魔王，無預警地綻放無比燦爛的笑容。

「那是不可能的，」白織連忙補充說明，「克利斯汀不是本校的學生，再說，羅亞已經有夏洛特了，按照規定，一個人就只能有一個學伴。」

「規定？是誰規定的？」克利斯汀輕蔑地哼了聲。

「規定就是規定嘛。」菲莉絲聳了聳肩。

今日這堂課的授課地點選在戶外的中庭廣場，所以他們可以不受室內空間及課桌椅的拘束，盡情挑選喜歡的角落或坐或站。授課導師瑟傑則在學生的目光匯集處賣力地解說著勇者不可不知的小知識，比如哪個牌子的服飾不只有防水防風的功能，近幾年甚至研發了防火的最新款式，是勇者不可或缺的新型裝備之一。

「你去哪了？」羅亞轉向身邊的夏洛特問道。

方才巴奈特湊過來搭話時，金髮少年不知跑哪去了，現在對方移動到更靠近導師的位置聽課，夏洛特才悄悄地重新現身。

「沒什麼，羅亞是在擔心我嗎？真是的，我只離開幾分鐘而已，不用這麼想我啦。」金髮少年燦爛一笑，抬手抓了抓後頸。

魔王沒理會夏洛特一貫的「撩男」言論，有些在意夏洛特的古怪行為。「你是不是在害怕某個人？」

害怕、畏懼，魔王有一瞬間在夏洛特身上看到了這些負面的情感。

「害怕？在這所勇者學院嗎？我不覺得有什麼好害怕的耶，尤其是跟你在一起之後。」夏洛特的眼尾微彎，透出真誠的笑意。

魔王雙臂環胸，沒有接腔的打算。不過話說回來，他與夏洛特的關係是從什麼時候開始的呢？連他自己都不知道這段友誼是怎麼萌芽的。

瑟那仍賣力地扮演著導師的角色，雙掌清脆一擊，將學生的注意力聚攏在自己身上。

「各位學生，請將目光放在這邊。」他舉起一張手掌大的紙卡，展示給大家看，「請看，我手上這張紙呢，是好學生集點卡。」

看著眾學生困惑的表情，瑟那露出高深莫測的笑容，繼續說明。

「在這所勇者學院，優良的品德不僅是勇者禮儀的重要一環，也是稱職勇者的必備條件。」他指了指卡片上的六個空格，「為了考驗你們的品性，在每個學期結束前，所有學生都必須將這張好學生集點卡集滿。否則的話——所有科目就統統死當！」

周遭的學生齊齊倒抽一口冷氣，開始緊張地交頭接耳。

「這些卡片上嵌入了魔法晶片，按照背面的說明操作，就能自動偵測綁定對象的『善行』。」瑟那不知道從哪裡掏出了一疊空白集點卡，讓學生人手一張傳下去。

「只要各位主動幫助有需要的對象，每完成一項，卡面上就會浮出一個笑臉紋章。視情況而定，有時候甚至會出現雙倍或以上的紋章，以嘉獎各位的額外努力。」說到這裡，他意有所指地掃視眾學生。

「這就是你們的期末測驗，不過別擔心，完成期限是一個月，只要在學期末時繳交集點卡，就不用擔心畢不了業。」

瑟傑導師以輕快的語調總結，但笑容裡似乎藏著報復的快意，視線停在某幾位不認真聽課的學生身上。

勇者不可不知的小知識悄悄地被眾人添上一項附註：導師都是心胸狹窄的生物。

「……」魔王看著手中的集點卡，試圖冷靜下來。

只要是頭腦稍微正常一點學生都不會喜歡這種浪費時間的麻煩事，尤其是這種乍聽之下簡單實際做起來肯定完全不是那麼一回事的期末測驗，瑟那卿一定還有話沒說清楚。

顯然他在等人主動發問。

羅亞雖不想稱他的心，但還是決定如對方的意，他懶懶地舉手提問：「只要是能夠幫助人的事就可以了嗎？」

「當然不能這麼說，魔法晶片要偵測到被幫助的人的感謝之情，笑臉紋章才會出現，沒有一定的標準。所以也不能保證不會出現明明你幫助了對方，卻拿不到紋章的情況。」

「導師，請問可以團隊行動嗎？」白織接口詢問。

「期末測驗的規則不一樣，你們每個人都必須跟自己的學伴行動。」瑟那端出導師的架子，用詞扼要，讓人想不理解都難，語末又像是想激勵大家，補充道：「還有一個月的時間，完成六件好事、集滿六個紋章，時間上綽綽有餘。更何況你們還是未來的勇者，這點小事應該難不倒你們吧。」

即便聽了瑟傑導師如此激勵人心的措辭，眾人盪到谷底的心情仍舊委靡不振，現場的氛圍持續低迷。如此看來，勇者也不是天生熱心助人的勤奮生物。

「此外，在這段期間，除了上課的時候，你們可以自由在校外活動。」瑟那繼續說明，補充注意事項，「當然在行動前得先向學院報備，這也是為了防止你們在外捅出什麼簍子，破壞學院的聲譽。」

「怎麼可能，我們可是勇者預備役，將來都是要成就大事的人，不會有人做出讓學院蒙羞之事，這點還請導師放心！」巴奈特揚聲說道，整個人散發出非同小可的光明能量。

瑟那微微側身，巧妙地避開那道刺眼的光源。「但是，不是每個人都像你那樣具備真正的勇者特質呢。」

魔王和龍族少主躺著也中槍。

「嗯？」巴奈特困惑地抓了抓後頸，「但是我們學院有這種人嗎？」

「呵呵……」魔王和利利同時發出尷尬的低笑，僵硬地牽動嘴角的肌肉。

好不容易熬到下課，羅亞和小伙伴準備一起到學餐去用食物療傷。此時，前方忽然出現意想不到的騷動。

就在不遠處的校園中庭，人群聚集在布告欄議論紛紛、交頭接耳，熱切地談論著新張貼的公告。無論上頭寫的是什麼，顯然都引起了圍觀學生的極大興趣。

晚到一步的人只能盯著前排的後腦勺、努力踮高腳尖，眼看視野良好的位置都被占盡了，羅亞他們沒有擠進人海中，不約而同地轉頭盯著一旁的眼鏡少年。

「呃，為什麼要看著我？」眼鏡少年弱弱地舉手發問。

「因為你看起來一副博學多聞的樣子，而且我們當中就只有一個四眼田雞，不看你看誰。」菲莉絲不假思索地回答，完全不顧慮當事者的心情。

「別以貌取人啊，」不過白織已經被訓練得很好，不會為一點小打擊就哀聲嘆氣了。他習慣性地推了推架在高挺鼻樑上的圓框眼鏡，「這樣對戴眼鏡的人而言不公平，徒增不必要的困擾。」

「既然你什麼都不知道，就乾脆一點把眼鏡砸了吧。」魔王皺眉道，換白銀出來，會不會比較派得上用場？

不，不可能。想起白銀，魔王內心忽然湧現一陣惡寒。白銀這人做起事來太不按牌理出牌，而且還是個騷擾慣犯，就某方面還說，他自己就是個危險人物。

「就說不要以貌取人啦！」白織整個人快暴走了。

「小白不知道的事我知道喔，」夏洛特友好地拍了拍魔王的肩，朝他露出微笑，「剛才我已經向前頭的學生打聽過了。」

「嗯。」

魔王的這聲簡單無趣的「嗯」，在不同的情況下會衍伸出多種涵義，但在這裡只代表了一句話：說來聽聽。

「教學觀摩。」

什麼？魔王的表情雖然一向平淡，看不太出情緒波動，但內心還是相當驚訝的。

所謂的教學觀摩，不就是指學校會邀請學生家屬前來參觀、觀摩學生上課情形的那種毫無意義的古老產物嗎？

可惜他沒有親屬，只有個勉強自稱是監護人的瑟那卿。但是對方現在偽裝成學院導師，根本分身乏術。

先不論真實身分敗露的問題，在那之前，沒有家屬赴約的他搞不好會先招人閒言閒語。他終於要體會一次了嗎？傳說中的同儕間的言語霸凌？

不知是不是看穿了魔王眼中的顧慮，夏洛特彎起令人安心的笑容。

「雖然是這麼說，但不是每個班級都會舉辦教學觀摩喔。每年級只會選出一個班級做為代表，所以用不著擔心自家老爸會來鬧場啦。學院的班級這麼多，不一定會選中你們班的。」

「真的是這樣就好了……」白織看起來也憂心忡忡的，想必家長也不是什麼好惹的角色。

「本皇女倒是覺得不錯，可以看到久違的哥哥呢！」

菲莉蕬的話很難引起身旁友人的共鳴，大家的思緒飛到千里遠的老家，紛紛糾結起來。不過起碼有一件事達成了共識，那就是教學觀摩無論如何都千萬別選中自己的班級啊啊啊。

此時上課鐘響適時響起，人群頓時減少了七八成，只剩下幾個下節課是空堂的學生。趁著空檔，羅亞他們順勢補進布告欄前方留下的空位，大大的公告上清楚寫著教學觀摩的資訊，以及學院經過抽籤決定的班級。

F班。

所有人不禁倒抽一口冷氣。當然有兩人除外，菲莉蕬雀躍不已；至於夏洛特，他是特A生，這件事嚴格說來和他毫無關係。

「命運總喜歡給人帶來麻煩。」蒔鬼輕聲發出不合時宜的感慨。

「等等，」齊格頭痛地垂下圓滾滾的腦袋，「這樣一來，長老應該會收到教學觀摩的通知函，他老人家不會喜歡出席這類的公開場合啊。」提到長老時，布偶的語氣不禁有些敬畏。

「如果是父親，不，如果長老的話，應該不排斥來這裡。每次都是那樣，只要是跟我有關的……」身為長老的獨生子，沒有人比他更了解父親的性格，蒔鬼音量微弱地說著，顯得若有所思。

「啊，這樣的話確實有可能呢。」齊格像是想到了什麼，拚命點頭附和。

沒人在意一人一布偶的談話內容，魔王的眼神死到不能再死。

教學觀摩什麼的，他完全提不起興致。瑟那卿現在是學院導師，這事他不可能不知道，只是單憑導師的身分也不能改變學院的決策吧。

看來，最終也只能這樣了。就按他之前面對問題時慣用的方式處理……裝死。

怠惰な魔王の転職条件

第三章

無私的勇者

How to Change Career
from Demon King to Hero

「將將！」自帶音效，夏洛特獻寶似地展示著手中的平板裝置。

「這是什麼？」魔王接過後，好奇地在上頭戳戳點點。平板的表面很光滑，螢幕上顯示的資料似乎與他們這次的任務有關。

「這是我在各公會的資料庫下載的最新資訊，上面詳細記載著各類的委託事項。」金髮少年得意洋洋地向友人分享自己的新發現，「你看看，在幫助人之餘，不但能完成測驗，還可以順便小賺一筆，豈不是太棒了！」

「……做得不錯。」羅亞難得沒表示異議，甚至還大方地誇獎對方。在金錢這種現實面之前，即便是魔王也不得不屈服。

「咦？」夏洛特一愣，聲音不禁楊高了幾度，「羅亞你不會是在讚美我吧，能不能再說一次，拜託！」

魔王在對方誠摯無比的眼神中彷彿見到了星辰大海。

「不要！」但最後他還是無情地拒絕了，機會只有一次。

「別這樣嘛，好聽的話人人都喜歡，我也不例外呀。尤其是你說的每句話，對我而言都格外重要。」

羅亞頗不給面子地推開某人越湊越近的臉。「你何不說說，我們現在跑到這裡來是要做什麼？」

他們正在校內的植物園入口前，遺憾的是，魔王在這裡有極度不好的回憶。

「這是難度等級三顆星的任務，委託上有詳細說明，希望有人可以幫忙除去植物園的○○××。」

「什麼？你再說一次？」

「上面真的只有寫這樣，不信你看。」夏洛特再次遞出平板，羅亞瞇起眼細看，在委託事項上確實寫了這麼一段曖昧不明的內容，而且委託金額還出奇的低。

雖然不清楚委託內容到底是什麼，但難度等級才三顆星，想必不是什麼多困難的任務，運氣好的話應該可以輕鬆解決。

不過等級歸等級，工作量也得跟酬勞成正比才行，三枚金幣就想隨便打發人嗎？何況他們有兩個人，這要怎麼分？

「為什麼是在植物園？委託人也是學院裡的人嗎？」魔王莫名有種會見到熟人的預感。

「不知道，或許吧。」夏洛特聳了聳肩，關掉平板的螢幕後收了起來。他東張西望，像是在尋找什麼，「委託人可能正在附近觀察我們喔。」

「先不管委託人的問題，你真的覺得沒問題嗎？報酬那麼低，任務內容看上去又很可疑，搞不好委託人也是什麼可疑人物。」魔王冷笑著說，他就是對少得可憐的報酬耿耿於懷。

「原來你是這麼看待我的啊，羅亞同學。」冷不防地，一道熟悉的嗓音從旁竄出。

羅亞和夏洛特迅速轉身，校長不知何時出現在兩人身旁，他們卻完全沒有察覺。

今日的校長也是一身兼具時尚的輕便服裝，鮮豔的色彩本來不該出現在擁有校長頭銜的人身上，但眼前的少年卻顛覆了所有的刻板印象。

「校長？」夏洛特不解地打量外貌年輕的校長，至今還是很不習慣對方以這樣的姿態現身在大眾眼前，「原來你就是委託人啊。」

「沒錯，我就是委託人，有什麼問題嗎？不過我可不接受客訴喔。」校長大方地承認自己就是那個小氣到不可思議的委託人，還一副理所當然的樣子。

「任務內容，」魔王的聲音注入一絲不耐，「那些奇怪的圈圈叉叉是什麼意思？」

「一言難盡啊，」對方卻慢悠悠地賣關子，「校長我也很難解釋得清楚呢。」

「可是，哪有委託人不清楚任務內容的道理啊。」夏洛特困擾地抓抓後腦。

「還愣著幹嘛？先進去再說吧。」校長突然揚起詭異的笑容，催促他們踏進久違的植物園。

夏洛特看著逕自走遠的校長，表情猶豫，遲遲無法邁開步伐，只好將求助的眼神投向同行的搭檔。

「怎麼辦，羅亞，我有種不好的預感，這樣是正常反應嗎？」

「放心，」魔王只是神色如常地說，「他如果要什麼花招，我會替你宰了他的。」這有什麼難？不過是他一直很想親手幹的事，只是苦無機會而已。

「呃，再怎麼樣人家也是校長，是學院裡職位最高的人，你千萬要冷靜一點啊。不要為了我做傻事啦，羅亞。」夏洛特抖了抖，連忙出聲緩頰。

雖然學伴如此替自己著想，內心深處其實有點開心，但報復的對象是校長的話還是不太好吧。在想著要怎麼處理對方之前，先考慮一下自己會不會因此被退學這個現實問題比較好啦。

三人漸漸深入生機盎然的植物園，這裡四季如春，時間魔法凍結住季節，創造出適合植物生長的環境。夏洛特舒服地瞇起眼，享受著徐徐暖風的吹拂，眉眼不自覺地彎起了放鬆的弧度。

「你是顏面神經失調嗎？」魔王不解風情地吐槽，甚至還一臉莫名其妙地瞥了他一眼。

「風很舒服嘛。羅亞你也可以試著晒晒太陽，這樣心情也會愉悅起來的！」夏洛特滿面春風地說。

「真不懂人族在想什麼。」魔王臉色不變地嘀咕，腳步不停，與金髮少年拉開了一段距離，接著以正常音量表示：「我才不需要那種東西。」

暗黑大陸長年被霧氣環繞，偶爾才有清冷日光穿透進來，陰暗潮溼一直是魔族偏好的居住環境。可是瑟那卿那傢伙卻異常喜歡陽光，幾乎到了一種匪夷所思的地步。

明明魔族是最怕受到日光侵襲的種族，還得塗上一層防護霜才能在白天行動，但那個人卻說什麼這樣清洗的衣物比較快乾，衣服上也能留下陽光的好聞氣味之類的。

陽光哪有什麼味道……拜託，身為堂堂魔族，不要成天只想著這種芝麻蒜皮的小事好嗎？虧他還自稱魔王的監護人。

走在前頭的校長沒有安靜太久，他踩過一片落葉鋪成的地面，猛然止步回身。

「我們到了。」

「這個是……」順著校長指出的方向往前看，夏洛特不禁面色凝重，畢竟這幅畫面和他原先的美好想像有些落差。

「真是見鬼了。」一旁的魔王替對方說出內心的真實感受，表情卻懶洋洋的。

「哎，別這麼說嘛。換個角度想，這裡也能算是天堂啊——一種折磨人到死的天堂。」校長笑得一臉欠揍，明顯忘了自己就是那個罪魁禍首。

夏洛特頓時無言，和羅亞一起眼神已死地看向委託人，後者卻像是要為自己辯解般，急忙澄清。

「這次的任次等級才三顆星，對你們而言應該不是什麼難事啦。而且順利完成的話，你們算是幫了校長我一個大忙，我會很感激的，集點卡說不準還會出現兩個笑臉紋章呢。」

「真的嗎？」夏洛特的耳朵捕捉到關鍵詞，趕緊發問。

「是啊是啊，紋章數量本來就是依委託者感謝的程度而定，所以也可能出現完成一次善行就收集到六個點數的情況呢。總之，你們好好努力吧！」

話說到這裡，校長腳跟一轉，正拍拍屁股打算走人，卻被人一把拉住了手臂。

「你要去哪裡？」魔王開始後悔接下了這項任務，現在反悔還來不來得及啊？

「別這樣，小心我告你非禮喔～」校長燦笑著撥開羅亞的手，還伸了個懶腰，「我要回校長室補眠……不是，我是要回去處理繁重的公務了。校長可真是勞心勞力的職業啊，加油吧，兩位小朋友。」

「你不會真的相信他說的鬼話吧？」羅亞連白眼都懶得翻了。

夏洛特只是無奈地攤手聳肩。「既然校長如此放心地把任務交付給我們，我們一定不能讓他老人家失望，走吧！」

「……我比較想讓他老人家痛快地滾去重生。」魔王無奈地低聲抱怨。

「那是什麼意思啊？」

「沒什麼。」他差點都要忘了，校長身為不死族的這個祕密可沒多少人知情。

羅亞加緊腳步，和夏洛特並肩走上前，視線投向遠方。無論看幾次，還是不免被眼前的畫面震懾，同時也明白了一件事：這次的委託難度絕對不只有三顆星！

眼前綿延不絕的開闊綠地上，全都是毛茸茸的球狀生物。數不清的數量全部擠在一起，畫面相當可觀。

那身雪白毛色和圓滾滾的大眼，讓牠們長年榮獲萌寵排行榜第一名，女孩子見了肯定雙眼發亮，直呼好可愛好可愛，幾乎沒有例外，因為這種生物就是可愛到這種通殺的程度。

雖然魔王很懷疑，在菲莉蕬捧著臉頰直呼好可愛之前，會不會先把牠們當成可填飽肚子的食物？不過獸人皇女畢竟不是一般女性啦。

這些毛茸茸的生物沒有正式名稱，也沒有什麼殺傷力，特性除了賣萌就是賣萌，卻有個極大的缺點——或者也能說是優點：牠們的繁殖力驚人。

更重要的是，牠們是無性生殖。

單單一隻，就能在幾週內繁衍出數百隻後代。

由此可見，發生在植物園的慘案肯定是這麼發生的：不知為何先來了一隻毛茸茸，經過幾天的時間，就繁衍成一整群毛茸茸軍團。植物園對吃素的牠們而言，儼然是一座自助餐吃到飽樂園，再加上這裡被學院設下的屏障保護著，完全沒有天敵的存在。

有了上述種種優勢，毛茸茸們似乎打算在此地長居。只是，這樣一來，植物園裡那些稀有的珍貴植物可就要全數淪為魔獸的大餐了。

就像校長先前所言，是折磨死人的地獄。

現在當務之急是要把牠們趕出這個不屬於牠們的地方。

「去、去，別靠近這裡！」夏洛特已經上前，手拿武器的四處揮舞，試圖想趕跑這些不請自來的客人。

魔王的臉色有些苦悶，輕不可聞地嘆了口氣。他正準備上前協助，不料異狀突發，前方傳來令人心驚膽跳的慘叫聲。

「救、救命啊……羅亞……」

夏洛特的頭已經淹沒在一大群毛茸茸組成的雪海中，源源不絕的糰狀魔獸跳到金髮少年背上，一隻接一隻蜂擁而上。前者模樣狼狽，很快地就連求救聲也聽不見了。

「……」魔王無語，這勇者要到哪時才能讓人省心一點啊？

羅亞抬腳向前，一路踹開討人厭的毛球，甚至毫不留情地踩扁幾隻。世上最麻煩的莫過於繁殖力強又生命力旺盛的生物，例如眼前這一堆。

魔王總算趕到了少年身邊，伸手一抓，將人整個從地上拎起，夏洛特一臉驚魂未定。

「羅亞，你來救我了啊！」

「你好歹也是勇者，別隨便被這種弱到爆的生物擊倒好不好。」

「確實是我輕敵了，但我沒有被擊敗，我可是很強的！」夏洛特的雙腳重新站穩，目光炯炯地宣示。

但他剛才的樣子實在是有點沒用，魔王遲疑地挑起單眉。「所以，那就是你的弱點了嗎？」

「什麼？」

「弱點，你上次沒說完。」魔王提醒道，他到現在還是有些在意上次未談完的話題。

夏洛特沉默了片刻，才緩緩開口：「我沒有弱點。」

明明上次就不是這樣說的，斷句的地方是什麼？地精？還是地面上的一團毛球？就像他們現在碰上的狀況……

「你——」

「欸，跟你說，我發現了一件不得了的事，你想要現在聽嗎？不聽會後悔的喔。」夏洛特卻突兀地轉移了話題，神情顯得過於冷靜，與口中說的內容格格不入。

既然人家都這麼說了，魔王也沒有拒絕的必要，只得暫停原先的話題，順著對方的話詢問：「什麼事？」

「這些毛球不是你以為的那種毛茸茸。」

「那不然是？」這種不明就裡的話讓人更加迷惑，魔王還來不及細想，新的狀況又發生了——

原先被一腳踢開、看似毫無殺傷力的毛球紛紛湧至他們腳邊，一隻接一隻簇擁交疊，將原先勉強可站立空間擠得水洩不通。這些都還好，更要命的是，牠們全都露出了駭人的真面目——背部一抖，竟然張開了長滿細小利齒的血盆大口。

這些魔物並不是溫馴親人的萌寵，而是外型酷似但特性南轅北轍的噁心生物。

「嗯……」夏洛特的反應與方才截然不同，沒有一絲慌亂，「那現在我們該怎麼辦啊？」

「不要把問題丟還給我，」魔王的語氣不悅，「該怎麼做就怎麼做吧。」

「說得也是。」輕聲應答後，夏洛特與羅亞的視線在空中交會一秒。

而後，兩人迅速轉身，背抵著背，果斷地抽出武器，雙眼緊盯目標。

既然敵人並非毫無殺傷力的生物，那就沒有手下留情的必要了。

夏洛特手持長劍，斬退所有接近自己的獵奇生物，周圍有一瞬間被淨空。

但那些大嘴毛球只是接二連三地蜂擁而上，絲毫不畏懼金髮少年的物理攻擊。

寡不敵眾的夏洛特逐漸落入劣勢，身上多了幾處血痕。雖然他咬緊牙關，毫不退縮地迎戰，但誰都看得出來他不過是在逞強。

另一邊的魔王也沒閒著，漫不經心地丟出一個又一個將敵人瞬間燃燒殆盡的火球。這些生物看起來討人厭，實力卻一般般，只是慣於群體行動，所以處理起來麻煩了點，接下來就不過是時間的問題……

羅亞趁空檔轉頭看了看身後，接著皺起眉問道：「你受傷了嗎？」

「不要緊，只是一些小傷，跟我先前受過的傷比起來根本不算什麼。現在要盡快完成任務才行！」夏洛特持劍揮砍，沒空分神注意身後人的視線。

「受傷就是受傷，你用不著逞強。」

「我才沒有逞強，這些不過是低級的魔獸，我應付得來，別忘了我們可是立志成為勇者的人啊！」

「那你也要先學會保護好自己。」魔王的聲音聽來有些惱怒。

「我沒問題的，相信我。」夏洛特不知道哪來的自信，胸有成足地表示。

頓時間，少年身上散發的光明屬性能量又更加耀眼了，羅亞簡直無法直視。

就說真的很麻煩……

「不要再說話了。」

「嗯？」

眨眼間，粉髮少年已經來到身前，夏洛特不知道對方打算做什麼，眼前一花，就這麼莫名其妙地被人扛起。

喂喂，他是救人於水火之中的勇者，不是什麼沙包啊！

「不要亂動。」魔王不耐地扣緊在他肩上不斷掙扎的少年。

「羅亞，你、你不要這樣，你的手在抖啊。」夏洛特緊張地收起劍，身下的少年搖搖晃晃，感覺自己隨時會摔下去。

「什麼都不要想，閉上眼。」

對方一如既往慵懶的語調幾乎顯得輕柔，原意是想安撫，金髮少年卻更加手足無措，渾身僵硬、連手都不知道該往哪擺才好。羅亞決定不管了，直接往空中一躍，勉強攀上了十幾公尺高的樹頂，俯視著下方的毛球海。

地面上的凶猛生物密密麻麻地擠一起，彷如無止境地占據了植物園內的每一吋空間。

羅亞喃喃自語：「看來，就只有那個辦法才能一勞永逸了呢。」

「什麼？你想要做什麼，羅亞？」夏洛特原本總算不再亂動，聽到這句話後又緊張了起來。

粉髮少年的臉上沒有多餘的情緒，讓人猜不透他接下來的行動，只覺得那應該不會是什麼好事。

羅亞垂下眼簾，似乎有什麼在空氣中悄悄醞釀，隨著少年嘴裡低聲吟頌的咒語，地面的空間突然產生巨變。

一抹腥紅如蛇一般蜿蜒流淌，包圍住聚集成堆的毛球魔獸。毛球動彈不得，似乎被困在了紅線之內。在紅線首尾相接的那一刻，不可思議的事情發生了，紅線的範圍內迸射出耀眼的白光。光芒一閃而逝，周圍的景色依舊，只是線內的毛球生物全都消失無蹤，彷彿在一瞬間被抹除了存在。

夏洛特不禁瞪大了眼，當他意識到的時候，魔王已經緩緩降落至地面，轉身將人放下，動作輕柔得像是在對待什麼易碎物品。

魔王一派悠閒地拍著身上的塵土，夏洛特抓住了機會，雙手搭上對方的肩，硬是強迫人家看著他。

「你剛剛使用的，是不是空間魔法？」

空間魔法只是一個統稱，依照使用方法及實際用途，還有更加詳細的劃分。魔王的空間魔法有轉移的效果，能夠在一瞬間轉換任兩地空間的內容物。也就是說那些毛球生物並不是直接人間蒸發，而是轉移到另一地相同範圍的空間內而已。

這屬於高階魔法，遠遠超出初級勇者的學習範疇。不過羅亞是魔族，自然另當別論。他是懶，但並不是什麼都不會的廢物，這兩者還是有很大的區別的。

「是又如何？」魔王完全不打算遮掩。

「但，你知道這是禁止使用的魔法嗎？」夏洛特面有難色地問道。

魔王不給面子地蹙起眉，不是很懂這話是什麼意思。

「禁止？」人族就是人族，只有弱小的生物才會為自己定下那麼多綁手綁腳的規則。

「嗯，空間魔法需要消耗大量魔力，又得具備強大的精神力，別說這超出了普通人所能承受的範圍，要同時達成兩項條件，除非是——」

「是什麼？」其實羅亞沒有很想知道答案，只是順口一問。

「除非是，擁有時間魔法師之稱的初代勇者，以及擅於空間挪移天賦的二代勇者才有可能辦到！」提到兩位前輩，夏洛特的語氣染上一絲敬畏與尊崇。

「我沒這麼厲害。」魔王難得謙虛地垂下頭，忽然覺得有點難為情。雖然他是魔王，不是勇者，兩者本來就不能混為一談。不過要是少年因此而崇拜他，他也會毫不退縮地接受，誰叫他本來就是傳說級的偉大人物。

「不，果然還是很糟糕。」夏洛特彷彿根本沒聽見羅亞剛才的話，他跨步向前，視線筆直地越過對方，「空間魔法之所以被列為禁止使用的魔法，不只是上述的原因，也是因為在空間轉換的過程中，無法隨心所欲地操控，有時候會產生特殊的情況。如果事前不將變動的因素都考慮進去，結果很有可能變得一團糟——就像是那樣。」

嗅出對方語氣中的緊張，魔王懶懶地轉過頭去，只見被空間轉換過的植物園內，雖然毛球大軍消失了，卻多出一種外型像鼠類的魔獸。數量上雖然沒那麼可觀，但數了數也有十幾隻，而且每一隻都有著迷你馬一般的健碩身形。

魔王平靜地收回視線，直接轉移話題。「你受傷了，學院的醫護室應該可以提供一些幫助。」

「可、可是，植物園被外來種入侵的問題還是沒有解決啊！」

「不，學院的醫護室形同虛設，或許可以找瑟那卿幫忙。可是那傢伙太多話了，搞不好又要被唸一頓，可惡……」羅亞像是突然想到了什麼，開始喃喃自語起來。

夏洛特被羅亞弄得一頭霧水，焦急地繼續勸道：「這樣校長會罰我們的，也沒辦法獲得感謝的笑臉紋章，所以我覺得我們還是……」

夏洛特就是死腦筋，答應別人的事絕不半途而廢，用堅毅的態度表明了此事無轉圜餘地。

「我看，校長他老人家倒是挺感謝我們的啊。」

魔王神情淡然地拿出已經浮現一顆笑臉紋章的集點卡。「雖然只有一個章，但聊勝於無，這樣總行了吧。」

夏洛特一愣，才慢半拍地反應過來。「這怎麼可能呢……」

「那個。」魔王指了指金髮少年懷中的平板裝置。

機械提示音顯示有新的任務刊登上來了。

魔王原本對巴奈特沒有特別在意，直到目睹對方動手打了夏洛特，他才終於無法視若無睹。即便面癱臉上看不出端倪，但他很在意這件事，在意得不得了。

偏偏當事人事後又像個沒事人般跑來跑去，到處放送正面能量，傳遞愛與希望的真諦，讓羅亞不知該從何問起。

為此，他非常鬱悶。

明明應該一如往常的校園生活，卻讓羅亞感到焦躁不安。不該是這樣的，他的周遭就像充斥著虛假的謊言，一步步地侵蝕平靜的表象，只等有人看穿破綻。

而那，到底是什麼呢？存在心中的這一份古怪不安，根本無從排解。

「羅亞同學，你在想什麼呢？」

有道嗓音冷不防地響起，用不著回頭，嗓音的主人已經出現在羅亞眼前，臉上還掛著恰到好處的溫和笑容。

是巴奈特。

如果換作是旁人，基於眼下的心情不怎麼美麗，魔王可能會隨便說一兩句話打發對方。但此人例外，這傢伙竟然主動送上門，他怎麼可能錯過這個機會。

「我在想你。」

「我？我有什麼可想的？還是說，羅亞同學對我有超乎同儕的感情呢？」巴奈特戲謔地問道。

「別開玩笑了。」魔王沒有幽默的閒情逸致，「你，跟夏洛特到底是什麼關係？」

巴奈特也不急著回答，似乎覺得對方的反應比自己預期的還要有趣，只是笑笑地反問：「你很在意嗎？」

「你覺得呢？」魔王脅迫地朝對方走近一步，冷聲提醒道，「我還沒找你算帳呢！」

「你是以小夏朋友的名義發聲的嗎？」見對方只是沉著一張臉，沒有答腔的意願，巴奈特繼續說道，「你不回應的話，我就當作是囉。」

「你究竟有什麼意圖？」魔王皺起眉，毫不掩飾對對方的厭惡。

「吶，我說啊，」巴奈特只是自顧自地發言，「朋友應該是雙向的才對，你以為的朋友真的是你的朋友嗎？很多人都會被這兩字誤導，說到底，朋友不就是毫無血緣關係的陌生人而已嗎？」

「你到底想說什麼？」魔王越聽越糊塗了。

「即便如此，當背叛的那一刻來臨，還是會伴隨著椎心刺骨的痛楚。」

「你——」

「我會期待那一刻的到來。」

巴奈特的話完全出乎魔王的意料，他笑了笑，隨即轉身離去，留給人無限的揣測。

怠惰な魔王の
転職条件

第四章

消失的笑容

How to Change Career
from Demon King to Hero

菲莉絲今天的心情異常高漲，做起事來帶著有別以往的熱情。

已經是第三次了，獸人皇女隨手拾起垃圾，並以準確的命中率扔向遠處的垃圾桶，一身怪力差點沒把垃圾桶整個砸爛。隨後女孩便一臉期待地望向同行的友人，雙眼比平時更加璀璨。

基於禮貌，白織開口詢問：「菲菲，最近發生了什麼好事嗎？」

菲莉絲頓時心花怒放。「再過幾天就是教學觀摩日啦，菲菲也就可以見到哥哥了！不知道哥哥近來可好。」

「哼，無聊。」魔王一臉沒興趣。

「菲菲的哥哥是什麼樣的人呢……」蒔鬼難得提出探人隱私的問題。

不過菲莉絲毫不在意，她一向樂於向大家分享，顯然在她的字典裡完全沒有「隱私」一詞。

「有毛，很多很多的毛，軟軟的，很好摸。」獸人皇女接連丟出奇怪且意義不明的形容詞。

「妳確定妳描述的不是大猩猩嗎？」猩猩女配上大猩猩，嗯，很合理，魔王壞心地腦補著。

「菲菲變身後的模樣是花豹，她哥哥再怎麼樣也不可能是類型差那麼多的動物吧？」白織指的是獸人族的特殊身體機制，一旦湊齊了飢餓跟滿月兩項條件就會完全獸化，「所以，應該也是獵豹吧？既然是一族的皇子，高貴凶猛的獵豹感覺起來更加適合。」

「小白也太沒新意了吧。」吐槽的不是別人，正是方才用奇怪的的形容詞描述自家兄長的獸人皇女。

「咦，不是嗎？」白織瞪大雙眼，腦中描繪的獸人族皇子英武姿態頓時煙消雲散。

「哈，不如我們來下個賭注吧，教學觀摩日當天就可以知道結果了。」夏洛特笑著提議，躍躍欲試地看著身旁的每個人。

除了總是一臉厭世的魔王、和不知道為什麼哥哥的獸化型態可以開賭盤的菲莉蕬，大家似乎都很有興趣的樣子。

「用什麼賭？先說，我沒錢。」家徒四壁的魔王不情願地接口。

「不一定要用錢，也可以指定某人當作報酬……」此時，蒔鬼竟語出驚人地提出建議。

鬼族少年頂著一張人畜無害的無辜小臉，大概也不懂自己說了什麼有違平時乖寶寶形象的話。

「阿蒔，眼前的路有那麼多條，你為什麼偏偏要走歪啊！」齊格的嗓音似乎帶上了哭腔。

察覺眾人放在自己身上的灼熱視線，蒔鬼嚇得肩膀一抖，連忙解釋：「不是的，是我在書上看到的！以前的人似乎不只用貨幣作為賭注，還會有各式各樣不同的籌碼……」

眾人聞言鬆了口氣。一直以來都頂著好孩子光環的人突然性格大轉彎，總是格外讓人吃驚，就像父母通常都無法接受小孩學壞的事實。

「我覺得這提議挺好的啊，格外地……讓人更加期待教學觀摩日了。」夏洛特不知道想到什麼，嘴角不由自主地上揚。

魔王抖了抖，暗暗倒抽一口冷氣。這股不好的預感是怎麼回事？

「所以呢，要用什麼來當賭注？」白織問道，總覺得討論好像已經偏離了正常的軌道，希望到時不要全面失控才好。

「贏的人，就可以要求羅亞為自己做一件事，什麼事情都可以。」夏洛特以輕鬆的語氣大聲宣告，毫不猶豫地出賣好友。

魔王不敢置信自己聽到了什麼，困惑在臉上一閃而逝。這到底關他什麼事？有人問過他的意見了沒有？

幾乎所有人都一臉詫異，畢竟他們不像金髮少年對羅亞抱持著特別的想法。

白織義氣的第一個跳出來捍衛朋友的權益，嘴角僵硬的抽搐兩下。

「這樣不太好吧？不然我們還是不要開這種賭盤好了，對誰都沒有好處——」

「是嗎？我還以為你大概會有一兩件事情需要羅亞替你完成。」夏洛特面帶笑意，語氣聽起來十分悠哉。

反正他只是說好玩的而已，誰叫最近發生太多令人煩心的事，總是要自己找些調劑。

「才沒有呢，那樣的事——」眼鏡少年猛然一頓，腦中似乎浮現了什麼，他艱難地嚥了口唾沫，「其實，我覺得這個想法挺不錯的，無疑有助於同儕情誼的健全發展！」

「……」魔王默默瞪大雙眼，感覺被全世界背叛。

「什麼嘛，那麼好玩的事，本皇女怎麼可以不參一腳呢！」菲莉絲一臉躍躍欲試。

「不行啦，菲菲已經知道謎底了，這樣賭盤就無法成立了。」蒔鬼忽然扭捏起來，兩頰染上緋色。「況且人家也想……」

蒔鬼一直很羨慕羅亞擁有主角般的強大氣場，那是自己渴望卻望塵莫及的境界，或許對方能傳授幾招給他。

「阿蒔，你把話說清楚，你想那小子對你做什麼！」齊格愣了好大一下，回神過來的第一件事便是大聲質問。

「齊格，不是羅亞要對我做什麼，而是我有事想拜託人家啦！」蒔鬼認真地回答。

「那是什麼事！」齊格原本就很尖銳的嗓音因過度激動又揚高了八度。

「這個我不能說啦……」蒔鬼的回答簡直越描越黑。

「阿蒔，你、你……」齊格氣結，腦袋往後一仰，貌似是昏了過去，整隻布偶變得軟趴趴的，以危險的姿態懸掛在少年手上。

「咦，齊格，你怎麼了？」

「……如果是我贏了呢？」一直默默待在騷動邊緣，實際上卻是處在風暴中心的魔王終於忍無可忍地開口。

「那你可以指定我們之中的任何一個人，想做什麼都可以。」夏洛特聳了聳肩，一派輕鬆地回答。

「很合理。」魔王欣然接受，隨後陰側側地勾起一邊的嘴角。

這些傢伙竟敢擅自拿他當作賭注，他可是魔王啊！就算魔族之王他們之中的誰幹了什麼「很壞」的事，也是他們罪有應得，因為這不過是發揮他的本性。

「既然菲菲的獸化型態是花豹，她的兄長很可能是犬科動物喔。」白織在思索片刻後，說出自己心中的猜想。他無論如何都想贏下這盤賭注，是時候誤導一下其他人了。

「原來如此。」夏洛特竟然認同地點了點頭，然後詢問，「例如呢？」

「狼，花豹是大型肉食性動物，而狼也是。」眼鏡少年挺起單薄的胸膛，刻意自信滿滿地回答。

菲莉蕬張嘴想說什麼，最後決定放棄。少女的目光飄送遠方，裝出毫不在意的模樣。

「我猜是大象，大象雖然是草食性動物，但攻擊力不容小覷，就連獅子老虎見了象群都要忌憚三分……」蒔鬼堅定地做出推測。

「雖然我很想贊同你的論點，不過菲莉蕬說過是有毛的動物，我想大象應該不列入考慮吧。」夏洛特對鬼族少年歉意一笑。

「咦？那換成長頸鹿好了……」經人提醒，蒔鬼才猛然醒悟，臨時更換答案。

「阿蒔，你這是亂槍打鳥，行不通的。」齊格不知什麼時候又恢復活蹦亂跳的樣子，馬上適時吐槽，隨後又說：「我也要參戰，既然是獸人族的皇子，那就肯定是獅子！萬獸之王才符合皇子頭銜，對吧？」布偶轉過頭，積極尋求其他人的認同。

「齊格，連你也要插一腳？」白織訝異地問。

「當然了，能有使喚這小子做這做那的機會，我怎麼能白白放過啊！」

齊格覺得自己被小看了，不痛快的嘖了聲。

「那你呢？」魔王特意無視這些很有問題的發言，目光落在不遠處的夏洛特身上，「你好像還沒說你的猜測。」

「嗯……」夏洛特被人這麼一問，終於打算認真地思索答案，「那我投羚羊一票。」

「羚羊？」

「既然菲莉蘇是凶猛的肉食性動物，或許兄長會讓人出其不意呢。」夏洛特露出爽朗的笑容，「雖然我沒有很熱衷打賭，但只要一想到能命令羅亞做任何事，誰都會覺得心癢難耐吧。」

「認同。」白織、蒔鬼以及齊格齊聲附和，難得地展現出團隊默契。

「……如果某天世界不幸毀滅了，我會在那之前先親手滅了你們幾個！」魔王嗓音略微低沉地提出警告，結果眾人只是看了他一眼，然後簡單地「喔」一聲。

「羅亞，就剩你還沒說你的猜測了。」白織直接拉回正題。

「熊。」魔王不假思索地答覆。

「熊？為什麼是熊？」白織表示不解。

「直覺。」

「什麼嘛，太隨便了吧。」聽了羅亞的說法，白織無趣地嘖了一聲。

「哥哥他啊……」菲莉蘇微微一愣，想說些什麼，但話到了嘴邊又臨時改口，歡快地說：「希望能快一點見到哥哥！」

在這一天的課程結束後，魔王第一次來到住商混合的小鎮上。

事實上，自從他離開魔王城，其實只到過幾個地方，先是月臺、火車，然後就一直待在學院裡。不過現在有了期末測驗，羅亞和夏洛特在取得了外出許可證後，便動身來到距離學院三十分鐘左右腳程的小鎮上。

道路兩旁是綿延不絕的紅磚樓房，地面上以馬賽克磁磚拼貼成工整的圖形，一路延伸至小鎮中央的廣場。廣場上傳來各種叫賣聲與樂器聲交織而成的喧鬧，顯然鎮上主要的交易活動都集中於此。

魔王對映入眼簾的事物都感到無比新鮮，這還是他頭一次親眼見識到所謂的市集，雙手不安分地這裡碰一下那邊摸幾把，壓根就忘了他們此行的目的：尋找有沒有需要幫助的人，好讓他們湊齊集點卡上的積分。

雖說為了通過測驗才幫助對方不算什麼真正的善行，但他們不求回報只求積分，夏洛特也想測試看看自己的極限能到哪裡。不過他完全沒料到羅亞會忽然性格大變，成為不受控的脫韁野馬。

金髮少年連忙快步跟上，氣息稍嫌不穩。「羅亞，走慢一點，你沒忘記我們的最終目的吧！」

「沒忘。」前方傳來漫不經心的簡短答覆。

魔王似乎看到了什麼，腳跟一轉緊急止步，原本緊跟在後的夏洛特就這樣撞進對方懷裡。

羅亞的表情絲毫未變，揚臂指向某一處令他在意的不得了的攤位。「那個是什麼？」

「嗯？」夏洛特順著羅亞的手指看過去。

前方約莫四點鐘方向，有個攤位擠滿了圍觀人潮，不時傳來叫喝聲，每隔幾秒就有人舉手，然後攤主報出的數字逐漸增高，直到無人出聲為止。

「啊，那個是二手用品的拍賣攤位。雖說是二手用品，但都是有一定價值的物品，運氣好的話有時還可以用便宜的價格入手某名家的作品……嗯，人呢？」

夏洛特解說完畢回過頭時，才發現羅亞早已不在原地了，也不知道有沒有好好把他的話聽進去。

攤主目前正在拍賣一幅畫風細膩的水墨畫，魔王左看右看都沒瞧出什麼端倪。瑟那卿可能略知一二，畢竟那傢伙可是號稱萬能的監護人，應該沒什麼不知道的事。但只要一想起對方得意的神情，羅亞就一肚子氣。

「三十、三十，還有人要再往上加嗎！」攤主宏亮的嗓音瞬間將魔王的思緒拉回人聲鼎沸的拍賣現場。

「羅亞，你千萬不能舉——」夏洛特決定事前提醒一下對方，不料還是為時已晚。

「四十。」魔王把攤主喊出的價格往上加了十。

「羅、羅亞！」夏洛特差點被口水嗆死，見對方的手臂仍直挺挺地舉在半空中，連忙把他壓下，「你在幹什麼啊？四十是以金幣來計算的，你知道那值多少嗎？」

「不知道。」魔王沒什麼金錢方面的概念，即便現在窮得響叮噹，他也沒有認真地想去弄懂。但從對方驚慌失措的神情判斷，四十枚金幣肯定很多，但又是多多少？

「四十枚金幣可以買下足足兩年份的食物了，再說，你有錢嗎？」

「我沒有，但是你有，錢拿出來吧。」

魔王不為所動地對著夏洛特使出魅惑之術，深色的眼瞳直視對方的眼，嘴角淺淺勾勒出一抹上揚的弧度。

夏洛特愣了愣，皺眉，然後依言拿出身上的一個束口袋，數了數裡面的錢幣數量。

「還差了三十枚金幣，都說了，那不是我們付得出的金額啊。」這些錢是他們幫校長解決植物園的問題時，對方心情大好，從原本說好的三枚金幣，一下增加到了十枚。但這十枚金幣也是他們目前的所有財產了，今天來鎮上是為了集笑臉徽章，夏洛特並沒有帶太多錢出門。

這下尷尬了，魔王引以為傲的魅惑之術失效了。奇怪的是，不知出於什麼原因，魅惑之術在夏洛特身上總是無法奏效。

所幸尷尬的時間沒有維持太久，有位路人也加入了戰局，再度將價碼往上提高，才免於他們被迫付錢的命運。夏洛特心中的大石才落下幾秒，某人卻再度不按牌理出牌。

「六十。」不爽被超越的魔王，張口喊出更高的價碼，勝負心不合時宜地冒出頭。

「七、七十！」那位路人顯然沒有想到有人想跟他競爭，而且還是同一位敵手，心中的警鈴頓時大作，連忙再次提高數目。

「八十。」既然要比就要贏到最後，魔王也展示了非同小可的決心。

一旁的夏洛特嚇得目瞪口呆，好不容易才找回自己的舌頭。「羅亞，你在幹什麼啊？別說八十了，一半我們都付不出來啊！」

「九十。」對方輸人不輸陣地喊了新的價碼，但隨即趕便主意，高喊：

「一百！」

這下不只攤主目瞪口呆，圍觀群眾也開始議論紛紛，因為這可是拍賣會舉行以來頭一次開出的天價啊！

本來，叫賣的商品因為是二手的東西，價碼會自動砍掉一半。大家都是為了尋找親民的價格才會來碰運氣，沒想到今日就讓他們碰巧遇見這破天荒的一幕，這在鎮上可是大新聞啊！

一百枚金幣，堆疊起來的樣子，想想就令人忍不住咋舌。

「一百……」魔王還意猶未盡，但身旁的同伴不斷阻止，他才好不容易意識到嚴重性，即時改了口，「算了，我們走吧。」

「本來就該如此。」夏洛特總算卸下心中的那塊大石，點了點頭，但隨即又不放心地補充，「下次要做什麼之前，請先找我商量好嗎？尤其是跟金錢有關的事情，不要再擅作主張了啦。」

魔王的眉頭微微蹙起，他不喜歡這樣的夏洛特。「你什麼時變得這麼嚴格了？」

「不是嚴格，我是為了我們好，我可不想無故在外欠了一屁股債，我們是來完成期末測驗，不是來玩的。」夏洛特難得認真地扳起臉，不苟言色地說教。

誰叫對方的意外之舉讓他嚇出一身冷汗，也幸好事情沒有往最壞的方向發展，不然他真不知道該怎麼還債。

「我肚子餓了。」魔王最後只是摸了摸扁平的肚皮，轉頭踱步離開拍賣攤位。

「好、好！你想吃什麼？我們的預算只有一金幣，不能再多了。」夏洛特趕緊跟上，同時不忘叮嚀，儼然一肩攬下財務大臣的職責。

「但你不只有一枚金幣吧？」魔王質疑道。

「當然不只……等等，你不可能打算掏空我們身上的所有金幣吧？」夏洛特一臉緊張。

「……我沒那麼想。」魔王目光沉穩地直視前方，不敢對上身旁的金髮少年的視線。

原因很簡單，他只是不太能理解交易這種事是如何公平進行的。吃午飯一枚金幣就夠了嗎？

彷彿是猜到他的心事，夏洛特笑笑了笑。「鎮上的食物基本上都不會太貴，我知道有一間評價很好的餐館，跟我來吧！」

在兩位少年相繼離去後，那名競爭心被徹底激發的路人在經過得標的喜悅與攤主及圍觀民眾的讚賞眼神洗禮後，赫然發覺自己身上的金幣只付得出一半時，馬上陷入愁雲慘霧的巨大打擊。

吃飽喝足後，魔王迫不急待地想繼續逛攤行程，決定要把廣場上視線範圍內的攤位都逛上一遍。這些都是羅亞從未接觸過的新鮮事物，在他漫長乏味的魔生中，好像做了不少事，但仔細想想其實特別空虛。所以他想嘗試看看，親身體驗一回平凡的生活。

夏洛特全程在一旁陪伴，並且在魔王手癢拿起攤位上的商品把玩、可能弄壞導致老闆要他們賠償之前，先一步出手擋掉，好好地守住了脆弱的荷包。羅亞的內心雖還是頗有微詞，但也沒多說什麼，似乎學乖了，不再伸手摸，只用欣賞的目光流連，結果就是在每個攤位上花的時間更長了。

此刻，魔王似乎在眼角餘光看到了什麼，猛然止步不前。

「那是什麼？」

夏洛特也看到了，眼底浮現同情。「這附近有個貧民區，他們應該是從那裡出來的。」

在前方來來往往人潮的中央，有對看起來像兄弟的小男孩正在乞食，只是一小塊啃剩的麵包也行，他們已經好幾天沒吃過完整的一頓飯了。可惜一整個天下來，手中那只缺角的碗仍舊空空蕩蕩。

比較大的那個男孩看起來不過十一二歲，弟弟可能只有七八歲吧，令人看了於心不忍。

魔王倒是沒有什麼太大的感觸。他當然知道貧民是什麼，不過這還是頭一回實際接觸到。

在暗黑大陸上不存在貧窮這回事，多虧了前兩任魔王的治國之道，人人過著富足的生活——再不濟的話，也可以用搶的啊，他們可是魔族呢。

「他們在做什麼？」魔王好奇地問道。為什麼要做這種徒勞無功的事？根本就沒有人理會他們啊。

「他們在……工作。」夏洛特不自覺地咬著下唇，他無論如何都說不出乞討這兩個字。那麼小的孩子，到底都經歷了些什麼，才會落到這種悽慘境地？

魔王若有所思地點點頭，不知聽懂了什麼，忽然提步朝兄弟倆靠了過去。

「這樣是不會有成效的。」

「大哥哥？」兄弟中的哥哥錯愕地抬頭，畏懼地看著大步進逼的粉髮少年，端著缺角空碗的雙手抖個不停，好像對方是什麼十惡不赦的大壞蛋。

然後，一隻溫暖的手掌穩穩地落在他的肩上，哥哥這才試探地迎上對方的目光。

「做事必須要有魄力，我來幫你。」

「咦？」男孩只覺手上的重量一輕，破碗已經不翼而飛。

只見對方在左右張望一陣後，似乎鎖定了目標，朝著一位看上去約莫二十出頭的青年走了過去，然後強硬地一把攫住對方的手臂，將碗遞了過去，冷冷地威嚇道：「給錢。」

「啊？」對方滿臉莫名其妙，當然不肯乖乖配合，「你是誰？我為什麼要聽你的話，快點放開我！」

魔王心一橫，打算來硬的。「看到那邊那兩個孩子了嗎？」

「看到是看到了，不過跟我有什麼關係？」青年奮力掙扎，越是想甩開箝制，越是發覺對方的力氣可不是開玩笑的。

「看到需要幫助的人多少要表示些什麼，這不是常識嗎？」

「……你這是恐嚇吧！」

「如果你需要我這麼做才肯拿錢出來，我想我沒有拒絕的必要。」恐嚇、脅迫，是魔族的拿手手段之一，雖然他不用過，但既然族人辦得到，身為一族之王的他就更不可能失敗了。

「大哥哥，恐嚇別人是不對的……」

忽然感覺到衣襬被微微扯動，羅亞低下視線，發現兄弟中的弟弟睜著小動物般的純真大眼，認真無比地注視著自己。

「聽到了沒，連這麼小的孩子都說了，還不快點給——」

「真是對不起！」

金髮少年以迅雷不急掩耳的速度衝上前，直接扯回羅亞的手，然後在魔王有機會抗議之前，將人拉到了人潮較少的小巷內。生財工具還挾持在對方手裡，那對小兄弟連忙緊跟在後。

「我只是想要幫忙。」原本打算做好事的魔王被某人硬是介入，臉色顯然不怎麼好看。他掏出集點卡檢查，紋章數量仍舊維持在一樣的進度，眼皮抽搐了幾下。

「幫忙有很多種方式，而你偏偏選了最糟糕的那種！」

「……」

「我知道羅亞是出於好意，但恐嚇是違法的行為。」

「那不然要用什麼方式他們才會給錢？」羅亞咄咄逼人地質問，見夏洛特的臉上閃過一絲為難，隨即又補上一槍，「脅迫可以達成許多事情。」

「那樣是不對的，我們可是勇者，為什麼要做出傷害人的事情？」夏洛特果然不認同，「那樣我們跟邪惡的魔族有什麼兩樣？」

可羅亞本來就是魔族。

「更何況，在那之後你會吃牢飯的。總之，別再那麼做了好嗎？」夏洛特抹了抹額上被嚇出的冷汗，心臟還砰砰跳著。

如果魔王隨意聽從他人的話，那王的威嚴何在？王必須堅守立場，在必要之時必須堅定地……

「我知道了。」然而，說出口的話卻不是他原先的想法，魔王僵著臉，總覺得自己似乎被對方吃得死死的……這怎麼可能呢？

他勉強轉移了話題：「那這兩個小鬼你打算怎麼辦？」

羅亞沒提醒，夏洛特當下真的忘記身旁還有兩個小孩。只見他們抱在一起瑟瑟發抖，不知情的人可能還會以為他們在小巷裡虐待兒童！

本來不應該是這樣子的啊！

「那個……」夏洛特嘗試想說些什麼，手伸了過去，試圖安撫他們。

但他才剛開口，年紀較大的男孩立即鬆開弟弟，撲通一聲跪在地上。

「請饒了我們！要錢的話你就拿去吧，啊，不對，我沒有錢……」男孩一時口快，才赫然想起自己根本沒有錢，「要殺的話就殺我吧，拜託放我弟弟走！他還小，身體又不好，求求你們了！」

弟弟看見這一幕，雖然不明所以，但也匆匆跟著跪下，抱住哥哥放聲大哭，兄弟間的感情令人動容。

為什麼這個畫面越來越像他們在欺負弱小了！他們不是勇者嗎？為什麼一瞬間就變成反派了啊！

夏洛特急忙朝身後拋出求救的眼神，羅亞卻只是淡淡地瞟了他一眼，語氣平板地開口。

「你為什麼要對小孩子做出那麼慘忍的事？你不是勇者嗎？就算是魔族也做不出這種殘害國家幼苗的行徑。」

雖然在世人眼中魔族很壞，但那是有原則的壞，前面說的脅迫、恐嚇，都是在有底線的情況下才會做出的惡行。

夏洛特愣了一下，才意識到對方是拿他說過的話來調侃他，原本想回嘴，卻發現羅亞走到了兩名男孩面前，蹲下身和他們平視。

「把頭抬起來。」他輕聲命令。

「是……」兩個男孩帶著哭腔應道。

「殺了你們對我有什麼好處？」

「嗯？」兩兄弟手足無措地面面相覷，怯怯地看著羅亞。

在看到對方眸底深處浮現的淺淺笑意後，不知出於什麼緣故，男孩們心中的大石像是落下了，緊繃的情緒逐漸消退，也鬆懈了對陌生人的戒備。

眼見氣氛總算緩和了下來，夏洛特趕緊出聲解釋：「我們不是壞人，雖然穿著便服看不出來，但我們是諾藍學院的學生。」「之所以來到鎮上，只是為了完成導師交付給我們任務——幫助遇上困難的人。」

「諾藍學院？」最大的男孩停頓了幾秒，覺得這四個字在哪裡聽過，「是那個以培訓未來勇者為宗旨的學校嗎！」

看樣子勇者專門培訓全體寄宿制諾藍學院的聲名遠播，連這麼小的孩子都聽過，校長肯定是在宣傳方面砸了不少錢啊。

「勇、勇者！」弟弟的眼睛登時亮了起來，目不轉睛地盯著面前的兩位少年，彷彿他們是什麼偉大的人物，值得讓人景仰。

「是的，沒錯，我們是勇者預備役。」男孩們的驚奇反應讓夏洛特有些不好意思，「你們是第一次看到勇者嗎？」

男孩們被魔王一手一個拉起來站好，由哥哥代表回答：「雖然常看到勇者到市集來買東西，但我們還是第一次和勇者近距離接觸，感覺勇者都是很了不起的大人物！」

「沒錯！」弟弟也大聲附和。

「明明都是一群機車的怪胎……」魔王低聲嘟囔。

雖然自己現在和這些怪胎待在同陣營，而這些人也確實具備了一些了不起的特質，但唯有一點他與他們不同——他從來都沒想要幹什麼大事，只希望混好混滿爽爽領退休金。

「你們叫什麼名字呢？」無視魔王的附註，夏洛特像個鄰家大哥哥般柔聲詢問。

依然是由哥哥代表回答，哥哥的名字是洛恩，弟弟則叫洛伊，他們都來自於貧民區。

貧民區，顧名思義就是窮困人家聚集居住的落後區域。每個城鎮都會有這樣的陰暗面，但這裡的貧民區又更加悽慘。

今年初爆發了一場瘟疫，疾病擴散得很快，一夕間奪走無數人的性命。古怪的是，只有成年人會染上這種瘟疫，孩童都幸運地逃過此劫。

然而，瘟疫並沒有徹底消滅，每年都會隨著季節更替復發，所以這座小鎮的貧民區基本上都是靠未成年的孩子們自力更生。兄弟倆會來熱鬧的市集上乞討，想必也是因為他們的雙親……

一定要幫上忙，必須想點辦法不可。夏洛特面露不捨地低下頭，皺著眉陷入了煩惱。

羅亞把手中的破碗塞還給哥哥。「真的不能用剛才的方法嗎？」

「不行，絕對不行啦！」洛恩聽了猛搖頭，一臉驚慌失措，「那樣是犯法的！要是有人提出告訴，我們會被抓去關的！」

嗯，聽起來是挺嚴重的。

魔王不再反駁，只是點了點頭說：「人族果然都是麻煩的生物。」

「什麼？」兩兄弟一同將困惑的視線投向粉髮少年。

「總之，先帶我們回去你們家吧。」夏洛特似乎沒聽到羅亞說了什麼，滿懷熱情一心只想助人的他，決定將兄弟倆列為他們的助人對象，「或許有我們能幫上忙的地方，可以嗎？」

兄弟倆雖然露出詫異的表情，但在反應過來後，便充滿希望地連連點頭。他們領著兩名未來勇者，一路遠離人聲鼎沸的市中心及繁榮地段，朝著偏僻的郊區邁進。

然後他們抵達了宛如廢墟般的貧民區，遭遺棄的低矮房屋縱橫交錯地豎立，毫無規則可言。一眼就能看出來，這裡的房屋在建造時，根本就一點規劃也沒有。

空氣飄送著一股難以言喻的腐臭，感受不到有人活動的生氣，似乎已經沒什麼人居住在此地了。

除了這一對兄弟。

每一處殘破的景象都讓魔王覺得不可思議，直到抵達兄弟倆的家，這份詫異也不曾收回。

「你家……什麼都沒有。」即使到了現在，一向被照顧得無微不至羅亞還是無法真正體會窮困的概念。

他們身處的屋子內部很空，看似家具的擺設寥寥無幾，他無法相信有人能在這種惡劣的環境生存下去。

更何況，還是這麼小的孩子。

洛恩有些困窘，讓弟弟和勇者哥哥們在狹小的客廳落座後，慌亂地跑到應該是廚房的空間翻箱倒櫃。片刻後，男孩一臉尷尬地走回來，懷中抱著他能找到的乾淨容器。

「來，請用。」男孩將大小不一的杯子擺上條板箱製成的克難矮桌，然後注入白開水，像個小大人般待客。「雖然我們沒什麼可以招待的，但這是從後面的井挑的水，沒有受到汙染，請放心飲用。」

「你不必為我們做那麼多的。」本來是想幫助他們，自己卻反過來被當成客人對待，這讓夏洛特有些不知所措。

「沒什麼味道，」魔王沒覺得哪裡不妥，大方地接受人家的好意，拿起有些破舊的杯子啜了一口，「我喜歡味道更強烈的。」

「羅亞你……」魔王不看場合的言論讓夏洛特驚出一身冷汗，不知該如何是好，有人卻先一步開口。

「哥哥說家裡就只有這些東西了，所以不能挑剔，要懷著感謝的心情。」洛伊稚嫩的童聲義正詞嚴地復誦兄長的訓誡。

「洛伊……」這下換洛恩被嚇得胃裡一陣翻攪，口腔內都隱約湧現酸味。對方可是家中的客人，身分還是尊貴的勇者，是萬萬不能得罪的啊。

「嗯，我知道了，我不會再那麼說了。」魔王只是慵懶地挑起單邊眉毛，這一回也是無異議地接受了他人的指正。

夏洛特覺得相當不可思議，羅亞……似乎對小孩子特別包容？這讓他聯想到某種可能性——

「羅亞，你是不是喜歡小孩啊？」

「不，我最討厭小孩了。」魔王不假思索地回覆。

「咦？」洛恩和洛伊同時驚呼，內心不免有些受傷。

「原來是這樣啊。」夏洛特卻輕笑出聲，看上去完全不相信羅亞的說辭，早就習慣了對方的口嫌體正直。

「幹嘛，你有什麼想說的嗎？」魔王不悅地瞥了他一眼。

「哈，沒事，沒什麼啦！」夏洛特抿嘴一笑，擺了擺手。

可就是這種隨便的態度讓魔王有些煩躁，沒有讀心術的他無從得知對方腦中勾勒出的畫面，反正絕對不是他想見的景象。

魔王的臉色變得有些難看，正準備發難，身邊突然響起了悶悶的鼓譟聲。所有人朝聲源的方向看去，弟弟只能開口招認。

「我肚子餓了。」洛伊的臉上紅通通的，「原本還可以忍耐的，但喝了水之後就……」

「可是家裡沒東西吃了，最後一截麵包昨天已經吃完了，再忍耐一下好嗎？」

「好，對不起，哥哥。」洛伊強忍飢餓，乖巧地點了點頭，表現出不屬於他這個年紀的成熟體貼。

「別說抱歉，是哥哥不好，讓你受苦了。」洛恩難過地將弟弟抱在懷裡，小心翼翼地呵護著僅存的親人。

魔王瞥見弟弟手腕內側有塊硬幣大小的黑斑，就藏在袖子底下，讓人難以察覺。但現在還有更重要的事情，他默默伸手，貼在夏洛特的胸膛上摸索著。

金髮少年任由對方吃豆腐，完全沒有阻止的意思。「羅亞，這種事不該在大白天進行吧？而且還當著兩個孩子的面。」

「洛伊不能看！」洛恩知趣地轉身，順勢遮住弟弟的雙眼。

「為什麼不能看，哥哥？」下一秒，就聽到洛伊傻傻地發問，整個人還處在狀況外。

「別問了，這是勇者大人之間的事，輪不到我們小孩子插手！」洛恩連忙開口，語氣有些倉皇。

「喔……」弟弟不明所以地點了點頭，還真的沒有繼續問下去。

魔王頓時無語，尷尬地把手收回。可惡，是他太大意了，時間不多了，他向一旁的友人直白地提出要求：「給我。」

「有些事應該要等夜深了才說，尤其是兒童不宜的內容。」

「我有種直覺，」魔王的眼神已死，「你是不是又想到糟糕的地方去了？」

「哈哈哈，果然什麼事都瞞不過你！」夏洛特吐了吐舌，臉上沒有絲毫歉意，「拿去，你要的是這個吧。」

他從身上拿出那袋金幣。誰知道魔王對金錢真的沒什麼觀念，看來當初由他來保管任務收入果真是明智之舉。

魔王的手還沒伸進袋中，就被金髮少年捉住。「只有一枚金幣喔。」羅亞聳了聳肩，等夏洛特的手鬆開，就真的只撈了一枚金幣出來，收進自己的口袋。

他們此行本來就是為了做善事，然後湊滿集點卡。這對小兄弟明顯是急需幫助的目標，所以夏洛特猜測羅亞是要把金幣拿給他們，雖然不多，但對幾乎家徒四壁的孩子而言無疑是及時雨。省著點花的話，基本上一個月的伙食都有著落了。

「我拿這樣就夠了。」魔王卻這麼表示。

「順序錯了吧！」夏洛特頓時傻眼，「羅亞，你是當著我的面中飽私囊嗎？這可是我們兩人的共同財產，是公款！」

魔王卻只是淡然地說：「你拿剩下的金幣帶他們去吃一頓好的吧。」

夏洛特愣了一下，是個人都不會忍心讓這麼年幼的孩子挨餓，請一頓飯天經地義，但再怎麼樣也花不到這麼多錢吧？而且他還是很好奇對方抽走那一枚金幣的真正用途，「你……」

「我肚子不餓。」魔王搶先一步說道，隨後像是要強調自己所言不假，還拍了拍肚皮。

「我不是在問這個……」但在夏洛特繼續追問題之前，突然響起了某人的生理時鐘的抗議聲，提醒著被忽視的進食時間，不過這次的源頭來自哥哥。

洛恩雖然嘴上沒有說什麼，但一看就知道只是在逞強，他們兄弟倆早就餓到不行了。

「走吧，」夏洛特嘆了口氣，眼下只能暫時將問題放一邊，先把這對小兄弟餵飽再說，「你們想吃什麼？我請客。」

「真的嗎！」聽到有人要請他們吃飯，弟弟眼睛一亮，猛嚥口水。

「你們不需要為我們做那麼多……」哥哥有些動搖，他不希望大哥哥們因為同情而施捨自己，他討厭被崇拜的對象這樣看待。

「說什麼傻話，我們是勇者，勇者的存在不就是為了幫助人嗎？」不過金髮少年直爽的話語，輕易就粉碎了男孩的疑慮。「對吧，羅亞？」

「嗯嗯，你說得都對。」羅亞忍住嫌棄的表情，勉強附和道。

雖然是自己提議要轉職的，但身為魔族之王，要他承認自己是什麼帶來愛與希望的勇者，實在是太令人作嘔了。

洛恩終於被夏洛特展現的熱情與真誠說服了，他垂下視線，含蓄地說：「謝謝你們。」

隨後夏洛特就帶孩子們回市集覓食，這大概是兄弟倆一個星期以來、不，有可能是從出生起吃過的最美味的一頓飯。

一大兩小的腳步聲逐漸遠去，轉瞬間空蕩蕩的屋內只剩下自己，魔王卻不覺得寂寞。他起身來到屋外，遠眺前方的目光看似毫無聚焦，卻突然拾起一顆路邊的小石子，毫無預警地朝左方猛力丟出——結果被一個男人準確無誤地接在掌中。

男人從轉角的陰影中緩緩走出，嘴角仍掛著似有若無的戲謔。

「瑟那卿。」對方會出現在校外，魔王完全不意外。畢竟那個男人向來以他的監護人自居，還是個不折不扣的跟蹤狂。

「陛下，您從什麼時候發現我的？」

「一直都知道。」魔王表情淡漠地嘆了口氣，「更何況你根本就沒掩飾自己的行蹤，不是嗎？」

瑟那佯裝一臉驚訝。「不愧是陛下，果真好眼力。屬下原本以為您老人家已經老眼昏花了呢。」

這傢伙絕對是故意的，魔王默默腹誹一句。既然這裡只有他們主僕二人，沒必要再裝下去，他立即擺出高高在上的王者姿態。

「暫時身為學院導師的你，鬼鬼祟祟地跑到鎮上，就不怕引起其他人懷疑？」

「這您就不用擔心了。比起某人，我做事一向有分寸。您說對吧，陛下？」

「不要拿問題當作回答！」才剛營造的氣勢一下子蕩然無存，魔王被管家氣得跳腳，「所以，你到底為什麼要跟蹤我？」

「跟蹤？您多心了，我只不過是湊巧散步到這裡，如此而已。」瑟那的態度擺明就是不想回答。

「算了，我不想和你爭論無意義的事情。」魔王扶額嘆氣，然後突然正色道，「你跟我來吧，我有個東西想讓你看。」

「陛下？」瑟那不由得疑惑出聲，但還是聽從魔王的指示，跟上對方的腳步。

兩人一前一後來到不遠處的一塊荒廢田地，羅亞蹲下身抓起一把土壤，拿到鼻間嗅了嗅，再搓了搓，最後才滿意地撒回地面。

「這裡的土質比想像中的不錯，瑟那卿。」

「陛、陛下？」瑟那不確定魔王在盤算什麼，戰戰兢兢地開口，「屬下不明白您這是什麼意思。」

「跟我猜的沒有差太多，」魔王只是自顧自地說，「這裡有乾淨的水源，土質也不差，只是先前往在這裡的人都染上了怪病，無人耕作才會導致土地荒廢。」

「依屬下看，不見得只有這一層原因。」終於反應過來的瑟那，冷靜地分析道。

「什麼意思？」魔王疑惑的看向男人。

「土地荒廢的真正原因並不是無人耕作，而是無權耕種。」

順著瑟那的目光看去，羅亞才發現寫著出售字樣的告示牌。

也是，居住在這裡大多都是有一餐沒一餐的窮困人家，自然不可能擁有肥沃的地產，也負擔不起高額地價或是租金。

湊近細看，魔王認真數了數地主在板子上標示的價格，而且還列了交易的條件：現金一次繳清，不得分期、賒帳。羅亞偏了偏腦袋，思索一番。

「這個價碼合理嗎？」拿瑟那的話來比喻，魔王的金錢概念連幼兒都不如。

因此，魔王城金庫的金山銀山才會在某人毫無節制的花費下，才短短幾百年便面臨破產命運。導致主僕二人淪落到這裡，明明是魔族，卻必須毫無回報地幫助沒有任何交集的陌生人。

「以人族的土地市場交易價格而言，這樣的標價似乎偏高。別說貧民，就連普通人都負擔不起。」

聽完瑟那的說明，魔王點了點頭，指頭彈出清脆的響聲。「很好。」

然後，他伸手拔掉立在土壤上的木牌，隨意扔到一邊。

「魔王陛下，您這是在做什麼？」瑟那錯愕地問，自覺越來越不了解面前的少年了。

「你看到了吧？」魔王卻得意洋洋地說出義不明的話，唇角勾起一抹弧度。

瑟那愣了一下，強自鎮定地說：「若是指您剛才的胡鬧舉動，屬下看得相當清楚。」

「我不是指那個，牌子上的土地所有人名字以住址你都記住了吧？」

「所以？」身為身兼數職的萬能保母，不，是監護人的他，記憶力自然不容置疑，所以瑟那只問了接下來的事。

「把對方帶來給我，我有些話想親自跟他說。你辦得到嗎，瑟那卿？」

這種感覺真是久違了呢。沒有什麼是瑟那辦不到的，即使是擄人這種犯法之事，對他來說都不是問題。

「我明白了，請您給我五——」

「三分鐘，再多不可能。」魔王大言不慚地要求，顯示出極度的沒耐心。

瑟那只是意味深長地望了對方一眼，最後僅僅表示：「知道了。」

而後在一眨眼間，人已經消失不見，空氣中還殘有男人身上的淡淡氣息，似乎是某種花香。

魔王等了不多不少的三分鐘，瑟那不知運用了何種手段，溫和地將目標帶到少年面前。

土地所有人是個樣貌普通的禿頭胖大叔，一臉狀況外，連褲子都來不及穿上，整個人還陷在上一秒的如廁時光。片刻後，他似乎意識到發生了什麼事，迅速穿好褲子後扯開喉嚨求救，可惜現場除了他們三人之外再也沒有其他人。

「救命啊！！！你們是誰？是想劫財還是劫色？要錢沒有要命一條，就算你們得到了我的身體也得不到我的心！」

「陛下，要讓他永遠閉上嘴嗎？」瑟那的眼中閃過一絲殺意

「別急，我讓你帶他來這裡，不是為了要殺掉他。」魔王卻慢悠悠地開口，「先讓我們兩個獨處一下吧。」

「嗯？不過——」瑟那面有難色，對方不過是弱小的人族，殺傷力近乎趨近於零，不過有一點人族跟魔族不同，那就是前者的心機頗為深重，為達目的不擇手段——雖然在這方面魔族也是同道中人，但人族是更加不自量力的瘋狂種族。

魔族相當重視自身的利益，但還不到捨身也要奪取的地步。

「瑟那卿，你去幫我把風，我不想讓其他人看見我接下來要做的事情。」

魔王很明顯是要支開他，瑟那知道他沒有再插手的必要，於是順從地頷首。

「我明白了，陛下。」瑟那轉身準備退下，但才跨出的腳又收了回來。

「又怎麼了，瑟那卿。」

「沒事，只是屬下有一句建議，可否請您撥空聽聽。」瑟那笑容可掬地說。

「啥?有事快講，我討厭拖拖拉拉的。」魔王的原則很簡單，只許自己拖拖拉拉，別人拖拖拉拉就是找死。

「在您從事謎一般的行為之前，請稍微控制一下音量。不然，恐怕我以後面對您的時候，都不知該擺出什麼樣的表情了——沒想到我不在您身邊服飾的這段時間，您的口味竟變得這麼重。」

「什麼?」地主大叔一聽，整個人都不好了。他拎緊褲頭，更加賣力地呼救，「你果然是要劫色，救命啊!雖然你長的很好看，但強迫得來的愛不是真正的愛啊啊啊!」

「吵死了，閉嘴。」魔王沉下臉，嗓音注入一絲憤怒。

瑟那趁機從原地消失無蹤，盡責地做好把風的工作。

中年大叔被粉髮少年散發的低氣壓嚇得噤聲，渾身抖個不停。

魔王見狀，無可奈何地抓抓頭髮，為什麼搞得他像是個十惡不赦的大壞蛋啊。

「喂，我問你。」

「咿，什、什麼事？」

「你是這塊地的主人嗎？我有意要收購。」

中年大叔愣了愣，驚恐的表情逐漸緩和，然後被精明幹練的奸商臉取代。他迅速站起身，撫平衣物的皺褶，開始自我介紹。

「沒錯，我就是這塊土地的所有人，你可以稱呼我為莫先生。至於其他的注意事項，告示板上應該寫得相當清楚。」莫先生毫不掩飾打量人的粗鄙目光，用詞委婉地提醒。

他是鎮上有名的嗜錢如命的奸商，只收現金，可是眼前這小子看起來不像有帶著如此龐大數量的金幣。

「我要買。」魔王也不廢話，單刀直入地開口，「接著。」他拋出從夏洛特那裡拿來的金幣。

莫先生手忙腳亂地接下那枚亮晃晃的金屬物體，臉上仍掛著敬業的奸商笑容。「請問這個是？」

「買地的費用。」

「但，這怎麼看都明顯不夠吧？」莫先生努力不讓自己的臉垮下。

「夠，我說夠它就夠，你有意見嗎？」魔王跋扈地說，完全不接受討價還價。

話都說到這份上了，身為土地所有人的莫先生再不表示什麼就說不過去了，更何況這根本是詐欺。

「臭小子，就算沒見過世面也別跑來我這亂，我定的可是行情價，嫌貴就別買！」

「你說我什麼？」魔王挑起眉，朝中年大叔靠近了幾步，帶來一股不可言說的巨大壓力。

「臭、臭小子……」莫先生還是退縮了。

這沒道理啊，面前這少年相貌並不特別凶神惡煞，體型也沒有異於常人，直覺卻告誡他遠離此人，遠離……

莫先生的思緒還紛亂不清，魔王的手已經搭上對方肩頭，好看的眼微微瞇起，深色雙瞳中彷如有什麼在蕩漾著，令人不由得直視。他的心神彷彿就這樣被攫走了，腦袋混沌一片，在開口之後，說出口的話就與內心的真實想法背道而馳。

「美麗的可人兒啊，無論你向我提出什麼要求，我都答應你！」

魔王起了一身雞皮疙瘩，勉強壓下不適。魅惑之術是羅亞信手捻來的獨門祕術，雖然唯獨對某人沒有效果，但用在這裡還是相當方便的。

「我想要這塊地，出價就是你手中的這枚金幣，你是否同意？」

「那有什麼，區區一塊地，送你都不成問題！」莫先生二話不說便一口應下。

魔王想了想，他不喜歡平白無故地接受他人的饋贈，即使對象是受魅惑之術控制的人也一樣。他想，他或許還是有一點良心存在的。

「說好了一枚金幣就一枚金幣，拿了之後不許反悔，知道了嗎？」

「知道了！」莫先生頻頻點頭。

「等等離開這裡，順便去幫我買些耕作工具以及農作物的種子。這部分由你出錢，可以吧？」

「當然，我的錢都是你的！」

「很好，那去吧。」魔王的嘴角微微勾起滿意的弧度，目送莫先生拿著一枚金幣雀躍地以小跳步朝鎮上前進，絲毫不覺得自己被人坑了，還吃了好大一個悶虧。

魔王回過頭，瑟那不知何時悄聲無息地站在他身後。

「把風完了？」

「看來目前已經不需要了。」瑟那淡淡看了一眼中年大叔離去的方向，「陛下，您究竟有何打算？」

「有一句話不是這麼說的嗎？幫助人時與其給他釣竿，不如給他魚吃。」

「陛下，容屬下提醒，關鍵詞置入錯誤的話，往往會導致啼笑皆非的結果。」瑟那「好意」提醒道。

「你想表達什麼？」魔王沒有聽出弦外之音。

「這句話的正確說法應該是，幫助人時與其給他魚，不如給他釣竿，有著讓人自食其力的意思。」

「隨、隨便啦！反正意思到就好了！」

「分明就差很多。」

「現在的你不是什麼瑟傑導師，少拿導師的身分來教訓我，你不是來幫我上課吧？」

「陛下的文字造詣實在令屬下憂心。」

「……」

「而且，如果陛下是真的有心想給對方魚吃，您必須先習得釣魚技能才辦得到。上次您釣到的大叔人魚恐怕不能算在記錄內喔。」

「……不要再提了。」一想起那次的慘痛經驗，魔王全身就竄過一陣惡寒，「你快去跟著那傢伙，順便監視他有沒有把東西買錯。」

「屬下以為，憑藉魔王陛下的魅力，事情是不會出錯的。」

「快去，不要讓我說第二遍。」

然而，瑟那只是挺直背脊站在原地，絲毫不打算挪步。

「幹嘛，你那是什麼眼神？」

瑟那只是笑吟吟地凝視著尊貴的魔王陛下。

這擺明是在挑戰他的權威，魔王有些不悅，怒聲重複道：「快去。」

這時，瑟那才悠悠地轉身，踏著優雅輕緩的腳步向前邁進，同時不急不徐地拋下一句：「您已經說第二遍了。」

該死，他絕對是故意的！

約莫十分鐘後，瑟那帶著地主回來了，同行的還有夏洛特，以及一對臉上充斥著喜悅笑容的兄弟檔。

「羅亞，為什麼瑟傑導師會來這裡？」夏洛特意外地看著身旁的男人。

魔王早就想好了說詞，不料對方也準備好了藉口——

「迷路。」魔王脫口而出。

「散步。」這句則出自青年之口。

夏洛特輪流看了看兩人，更加困惑地問：「到底是迷路還是散步？」

當事人只好跳出來澄清：「夏洛特同學，是這樣的，原本我想趁著午後的空檔來鎮上採買一些生活用品，同時散個步，卻不想自己竟然迷了路，然後在這遇到了羅亞同學。接下來就如同我在路上跟你說的那樣，我陪同這位莫先生去採買需要的物品。」

「親愛的！」莫先生一看到粉髮少年，也不顧懷中還抱著農耕工具就熱情地衝過來，看樣子對方的身上魅惑之術沒完全消退，「你看，這些東西我都買來了，都是花我的錢，沒有花到你一銅板喔！」

那是自然的，反正魔王也沒什麼錢。

「做得很好，你可以走了。」

如願得到少年的讚美，中年男子將東西放下後，就聽話地轉身快步離開，臉上溢滿幸福的微笑，周圍的粉紅泡泡令人不忍直視。

「他為什麼要叫你親愛的？」唯有一人突然散發出低氣壓，夏洛特臭著一張臉問道。

「沒、沒什麼。」魔王心虛地撇開視線，迅速轉移話題，「你們都吃好飯了，那就來看看這個吧。」

「這是什麼？」小兄弟好奇地湊上前，那些只是手套、鋤頭等等的簡單農具和一些種子，但只有這些就足以引起孩子們的興趣。

「這些都是等等釣魚用的。」瑟那刻意打趣道。

「釣魚？哪裡有魚？」兄弟中的弟弟眼神一亮，但四周別說河了，就連小池塘都沒有，只好失望地將眼神收回。

魔王賞了瑟那一個白眼，以唇形吐露出兩個字：「閉嘴」。

「我們不釣魚，是要種植可食用的農作物。這樣一來，以後你們都不怕沒東西吃了，多的還可以拿到鎮上去賣。」

語畢，魔王滿意地哼一聲，驕傲地挺起胸膛。這就是他目前能想到的最佳解決辦法。

「但是要種在哪？」夏洛特適時提出疑問。

「這邊，我全買下了。」魔王以土豪口吻說道，抬手示意周遭的土地。

「你怎麼可能有那麼多錢？」換來的卻是金髮少年的質疑聲，「說，你到底是怎麼辦到的？」

「你別問那麼多，只要知道我是用你給我的那枚金幣換來的就行了。」

「一、一枚？怎麼可能……啊！」莫非剩下的代價是用身體來償還的？難怪剛才那個人叫得這麼親密……一瞬間，金髮少年的腦袋如閃電般竄過這個可能性，隨即轟一聲炸開，呈現當機狀態。

——羅亞，你到底是趁我不在的那幾十分鐘都跑去幹什麼了啊！！！

怠惰な魔王の転職条件

第五章

魔獸之亂

How to Change Career
from Demon King to Hero

在那之後，夏洛特整個人變得有些不對勁，也不與大家互動，只是時常若有所思地看著魔王，然後在對方的目光轉過來之前又迅速閃避，一副心事重重的糾結樣子。

對方不說原因，魔王想問也無從問起，只能從手邊的事情開始著手。「瑟那……我是說瑟傑導師，這些就麻煩你了。」

「我？這些跟我有什麼關係。」瑟那真心地提出疑問。

氣氛最怕忽然凝結，魔王在原地愣了愣，一把拉過男人，頭靠頭講起悄悄話：「你在幹嘛啊，你不做難不成是要我去做？」

「我不明白你在說什麼，羅亞同學。」

瑟那已經切換成瑟傑導師模式，看樣子十分投入這個角色。「這是你們的期末測驗，自然得親自實行才能通過。」

「是這樣沒錯啦……」魔王一時間想不到任何能反駁的話。

「那還有其他問題嗎？」

「問題可大了……」

「嗯？」

「種植蔬果這種事實際上要如何實行，我一點頭緒都沒有……」魔王弱弱地低聲承認。

「……」

「你不是號稱萬能的監護……導師嗎？指導學生不就是你的份內工作嗎！」

「……我明白了，下不為例。」瑟那只能認命地輕嘆，雖然自己也很懷疑下一次是不是真的能說不幫忙就不幫忙……

他絕對無法讓魔王陛下自己胡來，這有違他的職業道德。

於是，瑟那毅然接下農耕的指導工作，先讓兩兄弟在旁看著。

他一邊說明，一邊拿起鋤頭輕鬆地鬆開土壤，不到片刻，廣闊的田地都被男人整理得整整齊齊，然後播種、灑水，全數在十分鐘內完成。

兩兄弟目瞪口呆，都忘了自己也得動手練習，還十分給面子地熱烈鼓掌。

瑟那欣然接受喝采，然後詳細解說起播種之後的事項，比如說如何澆水、搭棚架以及採收等等。

「沒想到瑟傑導師對農耕頗有一套，不知道以前到底是從事何種職業。」

默默旁觀的夏洛特此時終於放下對某人的糾結，走過來加入他們的行列。

魔王頗不以為然，哼了一聲沒說話。

「哥哥，以後我們就不用擔心沒東西吃了對不對？」

「洛伊，這都要多虧勇者大人的幫忙，我們一定要好好謝謝人家才行！」

哥哥激動地說著，感激的淚水在眼眶內打轉。

「嗯，可是哥哥……」洛伊乖巧地點了點頭，隨後卻垂下目光，欲言又止。

洛恩查覺到弟弟的異樣，他轉頭查看，卻驚愕地發現男孩的臉色慘白，毫無血色。

「洛伊……」他的手才伸出去，男孩就虛弱地倒在哥哥的臂彎裡。

「發生什麼事了？唔，好燙！」夏洛特滿臉關切地湊上前，手才貼上男孩的額頭，掌心立刻傳來不尋常的高溫。

魔王在夏洛特後方用眼神示意瑟那，他立即心領神會，擺出專業人士的姿態開口：「夏洛特同學，交給我就可以了。」

「瑟傑導師？」夏洛特雖然不明所以，但仍然把自己的位置讓給對方。

瑟那仔細地檢查男孩的額溫、呼吸和脈搏，心中做出決定後，將人打橫抱起。「總之，先讓他躺下來吧。可以帶我去你們家嗎？」

「請跟我來！」洛恩迅速起身帶路。

把男孩帶回破舊的低矮平房安置後，瑟那再進行了更為詳細的檢查。洛伊依然高燒不退，昏迷不醒，手腕內側還發現了一塊成因不明的黑斑。

「這個是？」

哥哥洛恩急得像是熱鍋上的螞蟻，靠過去一看，臉色不禁大變。

「怎麼可能……這不可能啊！」

「你知道這是什麼。」魔王用了肯定句，這個男孩肯定知道關於黑斑的事情。

果不其然——

「我在爸爸媽媽身上看過這種斑，那些得瘟疫生病的人身上也有。我以為小孩不會得到，但洛伊……」

洛恩的後半句話被哽咽聲吞沒。他不敢相信，他最愛的弟弟竟然也……

「看樣子，不是孩童就不會得到，而是這個怪病有潛伏期，可能小孩子只是發病比較晚而已。」魔王不帶情感地道破迷思，不過，還有件事令他相當在意……

「不！他是我唯一的親人了，我不能再失去他了！」洛伊想要衝過去抱住弟弟瘦小的身軀，卻被夏洛特攔住了。

「你冷靜點！還不清楚這種病會怎麼傳染，若是你也中標就不好了！」

「放開我！」洛伊難以接受，眼淚撲簌簌地落出眼眶，「我不能失去他，我不想活在只剩下我的世界！」

只剩自己的世界……男孩的話觸動了魔王深藏內心的往事。陪伴他的只有獨處時的寂寥，所以他才漸漸喪失自我，活成一個不像王的王。

「不會的，我不會讓你弟弟死去。」當魔王意識到時，他已經不負責任地給出沒有保障的承諾。

「可是……」說也奇怪，男孩竟然成功被安撫了，彷彿這個人所說的每一句話都能讓人不由自主地深信不疑。

「不過有一點，我很好奇。」

「嗯？」

「如果按照大家一開始相信的那樣，只有孩童不會染病，那其他孩子呢？貧民區似乎就只有你們兄弟倆。」

「大家在失去親人之後都離開了這裡，不是投靠親戚、就是想另外找沒有瘟疫的地方居住。他們誰也沒有再回來，不知道現在過得如何。」

「有沒有可能，其實他們也在途中發病，並且在渾然不知的情況下死了？」夏洛特忽然揚起聲音，緊張地提出看法。

「那群孩子的年齡多大？」羅亞問道。

「大約都十歲以上、不滿十六，洛伊是這一區最小的孩子。」洛恩如實回答。

「那你為什麼沒有染病呢？」發問的人是瑟那，「從目前已知的狀況來判斷，先不論怪病的真實原貌為何，大家發病的時間都不同。瘟疫出現的時間是在幾個月前，直到現在你弟弟才發病，但生活在同樣地方的你卻依舊沒事，問題關鍵似乎就在你身上。」

「我、我也不知道為什麼沒有染病，如果我可以代替洛伊就好了……」洛恩看起來沮喪至極。

「只要知道感染源就好辦了……」魔王若有所思地低聲唸道。

「何不從食物下手？」夏洛特靈光乍現地提議道，「有很多病菌都是經由口部進入身體的。」

「你還記得，當年你的父母曾經吃過哪些食物嗎？或者說，這個區域的人每天都會食用的東西是什麼？」羅亞接著詢問。

「我不知道，都那麼久的事……」洛恩擦著眼淚，一臉懊惱。

然而聽了羅亞的話，大家忽然極有默契地聯想到一種可能性。是啊，怎麼之前就沒想到呢？有個東西肯定是每天都必須食用的。

三人面面相覷，然後一同說出唯一的答案：

「是水！」

「水？不可能的，我們喝井水已經這麼多年了，怎麼可能今年才爆發病情……」但男孩想到病毒其實可能潛伏在人體內，而大家卻渾然未覺，於是漸漸停下。

有了關鍵的線索，現在只需要去查證就行了，瑟那追問：「可否帶我們去你們取水的那口井？」

洛恩順從地點頭，依依不捨地看了一眼床上虛弱的弟弟後，領著大家出門。

那口井就在貧民區的中央，幾乎每一條小路都能抵達。石井的外觀普通，水質也相當清澈，不像是遭受到汙染的樣子。

魔王突然後知後覺地想起，他和夏洛特也飲用過這裡的水，就在洛恩招待他們喝水的時候！而且依照這裡居民的習慣，恐怕都沒有煮沸就直接生飲，水裡面可能含有肉眼看不見的物質。

「水看起來很正常。」夏洛特探頭望進水井內部。

「問題可能不在水本身，而是在那底下。」瑟那卻忽然語出驚人，「請看看這個。」

只見男人已經打了一桶水上來，但桶裡不只有水，還有奇怪的帶狀物體。

魔王瞇起眼，看了許久，不太確定帶狀物到底是什麼，只能胡亂猜測。

「這些是水草嗎？」

「是的，就是水草，這些草本身只有微量的毒素，直接食用不至於讓人斃命，頂多造成腸胃不適。」

「那跟這次的怪病又有什麼關係？」

「即便是微量的毒素，日子一久便會沉積在人體內，再小的不適也會醞釀成一發不可收拾的病症。更何況，這裡的人似乎沒有將水煮沸再飲用的習慣。」

「你怎麼知道？」自家管家如此輕易就勘破怪病的真相，讓魔王有些不悅。這種事情他也多少察覺到了，根本不需要他提醒。

「在來這裡之前，我大致上將屋內的擺設瀏覽了一遍，並沒有看到煮水的容器，就連爐子看起來也不常使用的樣子。」

這就是毀滅貧民區的瘟疫背後的真相嗎？洛恩還是難以信服，只是因為飲用生水，就奪走了所有人的性命，他實在無法接受。

「你騙人，我呢？你看我好端端的，沒道理我也生喝井水，卻沒染病吧？」

「就像我先前所說，毒素是經年累月地沉積在體內，所以我想你不是沒染病，」瑟那看著男孩，冷不防地扯過對方的手臂，拉起袖子露出上臂——那裡已經有了豆子大小的黑斑，「而是症狀尚輕，病情爆發只是時間早晚的問題。」

「怎麼會……我不相信！」洛恩大受打擊，突然轉身跑開，像是要逃離什麼看不見的可怕之物。

「我們也去看看吧！」

夏洛特緊追在後，跟在男孩身後跑回兩兄弟的家。幸好貧民區雖建築雜亂，路線卻不複雜，即使是第一次造訪也不會迷路。

「欸，瑟那卿。」

魔王叫住了準備跟上的男人。

「是的，陛下？」瑟那回過頭，發現身後的少年表情異常凝重。

「那個水，我也喝了，應該不會有什麼事情吧？」魔王的表情顯得有些憂心忡忡。

原來是這個啊，不過瑟那還真沒想到，原來喝水的事魔王也有一份。

「您放心，就像我之前說過的，少量飲用的話頂多只會造成腸胃不適。」瑟那本來想安撫少年，卻忽然揚起壞心的笑容。「是您的話，應該沒什麼大礙，您大可放心。」

「你這話是什麼意思。」魔王突然有種不好的預感。

「魔王陛下本身就是萬惡的根源，什麼毒到您身上都會自嘆弗如，請務必保持，繼續腐朽下去吧。」

「……」

什麼話從管家嘴裡說出來，就只會讓人火大。此時的魔王照樣被下屬氣到差點爆血管，待會過神來，對方已經愉悅地離開了現場。

羅亞恨恨罵了幾聲，但怕自己被留在原地找不到路回去，也只能趕緊跟上。

回到兩兄弟的家，他們發現洛伊哪都沒去，只是寸步不離地守在弟弟床邊，祈求弟弟能早日甦醒。即便知道這是無用的奢望，他卻卑微地希望有誰能聽到他的悲願。

看著兩兄弟的深刻羈絆，夏洛特一臉若有所思，彷彿陷入了自己的回憶。

魔王在瑟那耳邊悄聲詢問：「現在應該怎麼辦？」

「陛下的意思是？」

「我不能坐視不管，難道這最小鎮就沒有像樣的醫療服務嗎？」

「您可真好心，盡做些不是魔王應該做的事情。」瑟那不意外地先嘲諷再說，隨即補充說明，「據說鎮上唯一像樣的醫生不巧去附近城鎮出診了，要幾天後才能回來。距離這裡最近的小鎮少說也要幾天的路程，這男孩是撐不到那時候的。」

「可惡！」魔王不免也著急起來，「那就你吧，瑟那卿總是有辦法的對吧？」

「遺憾的是，我也無能為力。」瑟那在沉默片刻後這麼回答，「何況這本就不關我的事。」

魔王差點被氣到吐血，等這次的事結束後，他絕對要開除這個不守本分的管家！

羅亞的拳頭緊了緊，吐出一口重氣。「所以呢，你打算袖手旁觀嗎？」

「雖然您現在是勇者，但請不要入戲太深，這對兩方都不會是什麼好事。」

「要你管。」這個道理他當然懂，但到底是誰規定哪些是魔王能做的事，哪些又是不能做的？

他只是想不被他人的期待束縛，只憑自己的意志過活罷了。

「既然如此，」該說的都說了，瑟那只打算點到為止，「那我也得走了。

身為導師的我，在學院裡有多少繁重的事務待處理，可是您難以想像的。」

「啥？你要走了?!」魔王不慎將音量提高，立即惹來夏洛特的注意。

「瑟傑導師要離開了嗎？」

「是的，很抱歉不能陪你們到最後，畢竟學院裡還有事等著我回去處理。男孩的狀況今晚可能會是個關鍵期，撐過去的話還有機會尋求治療的辦法。如果連第一晚都撐不過去的話，恐怕就無藥可救了。」

瑟那說完想說的話，不等回應便在道別後轉身離去。

不知道為什麼，夏洛特的表情出奇沉重，一個人走向戶外，像是承受不了室內太過壓抑的氛圍。

「夏洛特？」魔王躊躇著，不知道要出於什麼立場關心對方，但還是邁出步伐，跟著他走出門。

他和金髮少年並肩站著，此時的天色漸暗，夜幕間有零星的星子閃爍著。

夏洛特始終不發一語，這樣的安靜維持了好一陣子，正當魔王快無法忍受時，對方終於開口了。

「看到他們，讓我想起了我弟弟。」

嗯？這麼突然？魔王從來不曾聽對方談過自己的私事，因此有些手足無措。

他盡量保持鎮定，不讓慌亂出現在臉上，再謹慎地開口：「原來你還有弟弟。」

魔王是獨生子，沒有體會過擁有手足是什麼樣的感受。不過他有瑟那卿和利利，這兩個煩死人的傢伙就足夠讓他煩惱了。

「我一直覺得對不起弟弟，所以不管他提出什麼請求，我都會盡量滿足……或許是種彌補心態吧。」

「……」魔王不知道該回應什麼，只能靜靜聆聽。他不是個很好的開導者，但絕對會是個很好的聆聽者，他想。

「還記得我身上的傷疤嗎？」

「嗯。」

「那是小時候的意外造成的。弟弟為了救我也受傷了，雖然外表看不出來，體內卻留下了病根，一直未能痊癒。」夏洛特低頭把玩著袖口，「他之所以比別的孩子還要病弱，就是因為這個原因。」

「那不是你的錯，你自己也說了是意外，意外所導致的後果根本沒有人能預料。」

「但是意外發生的原因就是我。直到現在我還是會忍不住去想，如果我不曾存在，弟弟會不會就能好好的。」

魔王無法回答，因為假設的問題終歸只是假設，人生是不可能重來的。

所以他只是誠實地說：「我不知道。」

「其實仔細想想，人不該因為血緣上的羈絆而拖累著另一個人。」夏洛特低聲說著，彷彿在自言自語，「如果打從一開始就不曾存在就好了。不存在，自然也不會感到悲傷。」

夏洛特忽然變得異常陌生，魔王從沒看過這樣的他。

這不是他認識的夏洛特。他認識的那個陽光少年，不會說出這種話。

「你——」魔王想說些什麼，卻被對方卻突兀地截斷。

夏洛特揚起輕鬆的微笑，彷彿剛才的他不曾失態。「夜深了，看樣子我們今晚只能在這裡過夜了。我去看一下洛伊的情況，你趕快找個地方休息吧。」

眨眼間，金髮少年已經轉身回到屋裡。魔王想叫住他，腦中的空白卻讓他打消了念頭。

夜色越漸濃厚，屋內的涼意讓魔王不停哆嗦。他看了看身上單薄的衣物，發現這樣絕對無法抵擋夜裡的寒意。

羅亞皺了皺眉，只能數著客廳窗外的星子打發時間。但時間一長，睏意仍舊湧了上來，羅亞努力打起精神，突然意識到一件事——夏洛特為什麼還沒從兩兄弟的房間裡出來？

於是，魔王從破舊的椅子上起身，想詢問一下發病男孩的情況，卻在進房的一瞬間被眼前的畫面震住，眼睛微微瞪大。

洛恩倒在地上，明顯不醒人事，而夏洛特背對著魔王，看不清臉上的表情。仔細一看，他的兩隻手緊緊圈住床上虛弱男孩的脖頸，似乎想致人於死地。

「夏洛特，你在幹嘛！」魔王立即大聲怒斥，對方卻恍若未聞，沉浸在自己的狂亂思緒中，嘴裡念念有詞。

「只要死掉的話，就不會有人因此痛苦了……沒事的，很快就能解脫了……再一下下就好了……」

「夏洛特，快點住手！你不是真的想殺死洛伊吧！」眼見講不聽，魔王立即上前扯住他的手臂。

無奈金髮少年就像由鋼鐵鑄造，怎麼扯都文風不動。羅亞一邊訝異對方的力氣竟然比自己想像的還要大，同時也明白這樣下去不行。

「對不起了。」

心一橫，羅亞以手刀猛力敲上夏洛特的後頸，他立即兩眼一翻昏了過去。

魔王接住少年癱軟的身軀，小心翼翼地將人斜靠在牆角。

他仔細審視目前的狀況，頓時有些頭大。如果瑟那卿在就好了……

「陛下，您叫我？」

下一秒竟如願聽到某道熟悉的嗓音。

「瑟那卿？」魔王簡直不趕相信自己的眼睛，「你不是回去了，還來這裡幹嘛？」

「我只說我要回去處理繁重的校務，沒說過不會再回來吧？」瑟那興味盎然地看著眼前的狀況，「不過我才消失幾小時，事情的演變竟然變得如此耐人尋味，您想解釋嗎？」

「我——」魔王想不到要說什麼，連他自己都還沒搞懂現在是什麼情況啊。

「算了，現在先來解決最緊急的情況吧。」瑟那知趣地轉移話題，轉身抱起仍躺倒在地上的洛恩。看樣子夏洛特事先弄昏了他，再對弟弟痛下殺手。

瑟那小心地將男孩放在他弟弟身旁，隨即掏出一罐藥水。「這可是我透過某種管道製作的特效藥水，即便是再難治的疾病也能在瞬間痊癒。」

「透過某種管道？」魔王忍不住質疑，聽起來似乎有些不可靠。

「藥水的成分相當複雜，但大多的材料在校內就可以輕鬆弄到。有藥草專家烏維導師在，就連最難找、世上最稀有的龍族唾液也不缺。」

原來瑟那回學院一趟是為了製作解藥，那龍族唾液是……

一瞬間，魔王似乎從中領悟到了什麼。

「魔王陛下，您是不是想歪了呢？」

瑟那的笑容變得異常燦爛，魔王趕緊搖頭。

「其實弄到唾液是相當簡單的事情，只要說如果願意提供唾液，想對魔王陛下做些什麼事都可以，利利大人自然就會乖乖地配合了，溫順得像隻小狗狗呢。」

「……」可惡，該死的瑟那卿！竟然出賣了他！

無視跳腳的主人，瑟那上前將藥水餵給兩名男孩，藥效立即發揮效用。

只見洛伊的臉色恢復了些許紅潤，原本痛苦的表情逐漸緩和，身上的黑斑也淡化了。哥哥也出現了相同的反應，看來兩人的身體狀況都正在好轉。

「接下來只要把藥水灑幾滴到井裡就大功告成了。」瑟那挺身站直，將藥水瓶蓋好，「這藥水可以淨化水裡的毒素，不過明天一早可能還是要麻煩陛下提醒他們，飲用水還是盡量煮沸再喝比較保險。」

「瑟那卿，你又要走了嗎？」魔王看得出來瑟那無意再待在此處。

「是的，事情辦妥後我就要回去了。不然如果有人醒來看到我，我很難解釋。」瑟那揚起淡淡的笑容回答。

他往屋外走去，準備去將藥水灑進水井，但在出門前卻頓了頓，像是突然想到了什麼般回過頭來。

「魔王陛下，真正的友情不該存在任何隱瞞。很遺憾，陛下似乎還未得到如此珍貴的東西。」

「……」

經過一夜的折騰，除了魔王體驗了有生以來的第一次熬夜，那兩兄弟似乎都睡得很香甜。早上時兩人都活蹦亂跳的，臉色紅潤，比初次見到他們時還要有精神，瑟那準備的特效藥似乎發揮了乘以一百的功效。

「哥哥，我是怎麼了？睡了一覺後，覺得跟平時都不一樣了。」弟弟洛伊還有些困惑，不確定實際上發生了什麼事。

「是勇者大人！」洛恩篤定地說，「勇者大人不知道用什麼方法治好了我們，以後再也不用擔心我們會發病了！」

「真的嗎？真不愧是受人景仰的勇者大人！」弟弟對哥哥的說法深信不疑。

魔王也沒有否認，就事情的結果而言確實是這樣沒錯，他只是按瑟那的吩咐，叮囑他們以後水要煮沸再喝。

兄弟倆也不用再擔心食物的問題了，有那麼大的田地讓他們更耕作，再也不怕沒東西吃了。那些植物的種子都附帶著魔法效果，平均幾天就能夠收成一次，多的部分拿去鎮上賣，用賺來的錢再買新種子播種。這樣一來一往下去，原本貧困的生活也算是獲得了保障。

「真的非常感謝你，勇者大人！」兩兄弟含著淚，真摯地道謝。「我們能遇上你們，真是太好了，謝謝你們幫助了我跟我弟弟！」

「這不過是小事啦……」魔王有些尷尬地接受了男孩們的感激之情。

這個時候，忽然出現了逼逼逼的短促提示音。魔王摸了摸口袋，發現聲音的來源是積分卡，卡面上的六個空格都被笑臉填滿了。

他想起了校長的話，視受助方的感謝程度，有時候會獲得意外的結果，指的就是這個吧？

看來這兩兄弟是真的很感謝他們，既然他們的任務圓滿達成了，自然也沒有繼續逗留的理由，是時候該回學院去了。

跟男孩們道別後，魔王踏出門，卻只來得及瞥見夏洛特漸行漸遠的身影。

自從早上甦醒過來之後，夏洛特就不曾講過一句話。羅亞有些不確定該怎麼辦，只能加快腳步，半途才勉強追上了友人的身影。

「那個，夏洛特……」昨夜的事他還是相當在意，卻不知道該如何開口。

「嗯。」

不料迎來的卻是對方極為冷淡的一聲回應，這讓他更不曉得該如何是好了。

「你還好嗎？」最後，魔王謹慎地問道。

「……」

「其實我想說的是……」魔王還是想知道原因，昨夜那衝擊性的畫面仍然隱隱地燙著他的胸口。

「吶，羅亞，」夏洛特卻猝不及防地停下腳步，語氣冷淡，看都沒看他一眼，「你覺得我是怎麼樣的人？」

「你就是夏洛特啊。」彷彿這句話涵蓋了千言萬語，天真的夏洛特、純真的夏洛特、開朗的夏洛特，以及為了他及需要保護的弱者奮不顧身的那個勇者夏洛特。因為是夏洛特，所以才會成為這樣的他。

「如果你認識的那個夏洛特根本不存在，你打算怎麼辦？」

「我不喜歡回答假設性的問題。」

「不，」夏洛特的語氣忽然變得強硬，逼迫他正視問題，「你不是不喜歡回答，只是在逃避而已。」

「我沒有……」魔王開口反駁，語氣卻不怎麼堅定。

他一直都知道的，因為逃避是他處理事情的一貫態度。

「不管你相不相信，」夏洛特終於肯將臉轉過來對著他，然而那雙溫暖的瞳眸中卻不見任何情感，「你以為你認識的那個夏洛特已經死了，不，應該說打從一開始就不存在。」

魔王聽到這裡，不禁臉色一沉，心頭像是被什麼沉甸甸的東西壓住，隱隱作痛起來。

「昨天晚上，我不相信你是真的想要殺洛伊。你只是一時受情緒所影響，我可以當作什麼都不知道，而且——」

藉口。那不過是他用來說服自己的藉口。

「你就是不明白是不是！」夏洛特突兀地打斷了他，咬緊牙根，眼神充滿了殺意，「我一直以來都在欺騙你！」

魔王靜靜地望著以往熟悉的那張臉，胸中彷彿有什麼挺重要的東西突然裂開了。他的眼中毫無波瀾，垂下目光，耳中傳來的似乎是自己的嗓音，卻乾澀得不像他。

「沒關係，我就是拿你沒辦法啊。」

拋下這麼莫名其妙的話之後，羅亞就不再說話了。夏洛特怔了征，想說些什麼，卻發現自己也早已無話可說。於是，兩人只是沉默地並肩走向學院，一路上都沒有再說一句話。

「啊，對不起！」

經過擁擠的市集時，有人不小心撞到魔王的肩側，頭上的帽子因此落了下來。粉髮少年反射性地接住帽子，就在還給對方的時候，雙方第一次對上視線，卻同時愣住了。

最後還是對方先回過神來，男子一把奪回自己的帽子戴上，重新掩蓋住面容，接著便慌慌張張地落荒而逃。

魔王愣了幾秒，隨後也往前衝去，想逮住前方的男人。他也不知道為什麼，總覺得自己不展開行動的話就會遺漏什麼。

那人正是當初劫火車事件的犯人——黑鴉盜賊團的首領。

夏洛特看著不顧一切衝出去的少年，輕輕地嘆了一口氣，也在幾秒後追了上去。

魔王不小心把人跟丟了，他左顧右盼，始終沒看到那個混蛋首領的身影。不過小鎮的這一區只有幾間房子，應該不難找。

羅亞依序晃過去，不得不說這裡的房屋都很簡陋，有些甚至沒有安裝門板。前面幾間矮房都沒有住人的樣子，直到只剩最後一棟建築。

此時，夏洛特趕上了羅亞，冷冷地叫住對方。「既然人跟丟了，就趕快回學院去吧……」

「不，」魔王卻不肯乖乖配合，依然往最後一間房屋走去，「他一定在這裡。」

夏洛特暗嘖了聲，卻也無力阻止對方闖進門。

屋內的陳設相當單調，由簡陋的家具組成，但角落卻清出一大塊空地，放置了以白布遮蓋住的物品，讓人想不注意都難。

魔王將布掀開，卻因此傻住了。夏洛特也見到了底下的東西，臉上卻看不出任何情緒。

那是盜賊團的成員。只見他們橫七八豎的堆疊在一起，一動也不動地維持著怪異的姿勢，乍看下頗為獵奇，卻沒有飄出屬於屍體的惡臭味。

魔王彎下身仔細審視，甚至伸出一指碰觸，然後瞬間恍然大悟，想起瑟那卿先前說過盜賊團有些古怪之處。

原來他們都是傀儡。

這種祕術說簡單不簡單、說難也不難，首先，操控者不能夠離傀儡太遠，否則施術的威力會減弱，傀儡本身也會變得不堪一擊。

這麼說起來，施術者果然是——

更加裡頭的一個房間傳出了碰撞聲，魔王連忙前去查看。夏洛特卻不急著跟上，只是若有所思地盯著傀儡，並不怎麼意外的樣子。

房屋深處有一間工作室，傀儡似乎就是在這邊製作的。盜賊團首領此刻正縮在一個角落瑟瑟發抖，口中唸唸有詞，臉上爬滿驚慌失措的表情。

「不要殺我……這跟我們說好的不一樣啊……」

「欸，我說你！」魔王扯住首領的衣領，將他整個人拉了起來，「你是在怕什麼？給我說清楚！」

「怎麼是你?!」首領看清了少年的容貌，在鬆口氣的同時又緊張了起來，因為他知道那人一定也在附近，一定是的。「我知道劫火車的事是我錯了，你也沒什麼損失啊，何必要苦苦相逼，留一條生路給我不好嗎？」

「你的那些伙伴都是傀儡嗎……？」

「被你看到了啊……」首領索性心一橫，大方地坦承，「沒錯，那些都是黑鴉的成員。如你所見，我是可以操控那些傀儡的傀儡師。這就是鼎鼎有名的盜賊團背後的真相，如何，怕了吧！」

聽起來有些淡淡的悲傷，所謂的盜賊團原來只有一人。那些傀儡可以用人的樣貌存在，也能保有人類的行動及思考模式，然而每天卻有施術時間的限制。

「你還沒回答我，為什麼你剛剛看到我的時候要說那句話？」

「什麼話？我什麼都沒說！」

魔王卻聽得相當清楚。「你說『別殺我。』」

首領再度控制不住地渾身顫起抖來，都快站不穩了。

「你不要問那麼多，那跟你一點關係也沒有……而且，我能夠感覺到，他就在附近！」

「誰？」

「你千萬不要跟那個人走太近，他跟他都不是什麼好人，會被殺掉的……」首領畏懼地提出警告，魔王卻一句話都聽不明白。

「還沒好嗎？」此時，夏洛特從外面走了進來。

首領看到夏洛特就像看到鬼一樣，雙手抱著頭，用盡氣力地大吼：「不要來找我——」

隨後他掙脫了魔王的手，越過夏洛特奪門而出，留下滿心疑惑的兩人。

為什麼？是什麼樣的理由讓他那麼害怕夏洛特？

回到學院後幾天，魔王獨自待在長廊上發愁。

自那天之後，夏洛特整個人都變得不太一樣了。不但態度冰冷，對很多事情也沒那麼熱衷了。以前是每天都會看到他好幾次、甩都甩不掉，現在卻常常兩三天不見人影，即使見到了也是遠遠地一閃而過。

這中間的落差，也只有魔王最能體會了吧。

羅亞嘆口氣，準備回宿舍再繼續厭世。在轉身的瞬間，有個東西從口袋掉了出來，他默默彎腰拾起。

是那個之前撿到的布偶，他都還沒有時間還給夏洛特。

突然，布偶動了，從他手中一躍而下，邁動兩條小短腿，似乎著急地要趕去什麼地方。

布偶身手靈活，上上下下越過障礙物，就連爬樓梯也難不倒它。羅亞好奇地跟在後方，結果竟然回到最熟悉不過的學生宿舍。

現在是怎樣，他心想事成？布偶通靈？

小小布偶手腳並用地爬了好幾樓，然後一溜煙閃進某個房間。魔王也跟著溜進去，幸好房間裡目前沒有人在。

地上擺著地毯大小的巨幅地圖，小小布偶就在上頭走了走、停下，轉了轉頭，再踏幾步，彎下腰，又直起身子不動。見狀，有一個可能瞬間在羅亞的腦海閃過。

為了驗證，他決定親身實驗。

羅亞撇過頭，然後迅速轉正，及時瞥見布偶同樣的動作。他再動了動右手，接著是左手，果不其然，布偶一一重複。

這個人偶是在複製他的動作，但到底是誰那麼做，又是出於什麼目的？

魔王抬起頭，看見了夏洛特外出時會披的斗篷。答案再明顯不過了，這裡是夏洛特的房間，而這個布偶是用來監視他的道具。所以他才總是能出奇不意的遇見那傢伙，因為打從一開始，對方就掌握了他的行蹤。

魔王馬上把監護人找了來，臉色凝重地問：「你知道這是什麼嗎？」

瑟那只看了一眼，就推敲出那東西的用途。

「這是替身人偶。只要取本尊的一根毛髮縫製在人偶體內，它就會完美複製本尊行動。除了沒有復述語言的能力之外，這可是監視敵人相當好用的道具之一呢。」

魔王的臉色沉了下去。

「到底是誰想監視魔王陛下呢？」瑟那卻頗感興趣地刻意詢問。

此刻的魔王並不想回答下屬多餘的問題。

又是一堂烏維導師的魔藥學。

「過幾天就是教學觀摩日了，以平常心看待即可。」

趁著烏維導師在教室前頭說話，白織、菲莉蘇及蒔鬼一臉八卦地湊了過來，魔王挑眉看著他們三人。

「怎樣？」

「你跟夏洛特是不是吵架了啊？」

簡直是一語命中核心，魔王頓時啞口無言，不知道該如何解釋。

與其說是吵架，不如說是發現了對方不為人知的那一面。羅亞的內心糾結，不知道該不該說出自己到底發現了什麼。

但這副表情馬上讓其他人誤會了。

「看吧，肯定是吵架了。人家記得，雄性生物吵架時都會狠狠地打一架，你們打了嗎？」獸人皇女興致勃勃地追問。

「朋友間不能使用暴力……」蒔鬼搖了搖頭，頗不能認同這種用拳頭說話的野蠻行為。

「金髮小子是粉髮小子的學伴，以往有事沒事就遇到，現在卻將近一週不見人影，肯定事有蹊俏！」齊格也熱切地加入討論。

「我們沒有吵架……」羅亞好不容易找回了聲音，但根本沒有人在聽他說話。

魔王頓時有點惱火，揍了白織一拳。

「幹嘛打我？」白織可憐兮兮地摸著頭，委屈地扁嘴。

「因為你們說的話不中聽。」羅亞理直氣壯地表示。

「可是其他人都有講啊，為什麼只打我！」白織埋怨道。

「因為我不打雌性生物，也不打鬼，」魔王的解釋是這樣的，「那就只能打你了。更何況你還有個強悍的靠山，他會代替你熬過去，所以沒事的。」

白織則是一臉困惑。

這時烏維導師宣布他要出一門臨堂作業，無視坐席間響起的唉聲嘆氣。

簡單來說，學生要在野外採集一種植物，越稀有的品種自然就越高分。聽起來很簡單，不過這次的規定跟往常不同，大家必須單獨進行，不能仰賴團隊幫助。

魔王忽然想起有一種植物只在滿月時開花，印象中很稀有的樣子……

這也是為什麼在幾天過後的滿月夜晚，羅亞會獨自前往學院內的某處森林裡進行採集作業。

森林裡十分安靜，魔王就這樣無所畏懼地走走停停，腳下不時有夜行性生物竄過。

換作是白織早就嚇得驚聲尖叫了吧？但即便如此，也不能阻擋他往前邁進的決心。

看著四周同樣高大旺盛的樹木，魔王後知後覺地意識到一件事——這裡是什麼地方？

他顯然忽略了自己是路痴的這個問題。

但魔王並不打算坐以待斃，他四處走走看看，然而，這回命運沒有和他站在同一陣線——他腳下一滑扭了腳，還不慎滾落山坡。

聽說人在死前會看到所謂的人生跑馬燈，但魔王什麼都沒看到，因為他滾了沒多久就壓到了什麼毛茸茸的東西，避免了成為肉餅的悲慘命運。

魔王摸了摸，指下是極為柔軟的觸感。那東西也將頭抬了起來，兩隻眼睛深深地注視著他。

然而下一秒，羅亞身下的龐然大物爬了起身來，警戒地倒退數步。滑落地面的粉髮少年才剛扭傷腳，只能坐在原地呆呆地看著面前這隻將繼三公尺高的巨熊。

魔王並不害怕對方，只是覺得有些棘手，因此落跑才是他的首選。然而才跨出半部，就被巨熊攔下。

原本還以為死定了，結果巨熊竟然開口說話了，嗓音溫潤渾厚，只是此時帶了點挫敗。

「等等，少年，我不會傷害你的，可否請你幫我一個忙。」

「什麼忙？」

「我肚子餓了。」熊不好意思地摸了摸毛茸茸的頭顱，「可以讓我吃嗎？」

「你想吃我？」開什麼玩笑啊！

「不，當然不是！」熊連忙澄清，「我想要吃的是你採集籃裡的果實。」

那是魔王順道採來的點心。

「想吃可以，但是有條件！」

「喔……」這年頭連熊都得學著看人臉色辦事啊，熊雖然無奈，也只好點頭。「那好吧，是什麼條件？」

「作為回報，你必須幫我採集一種生長在岩壁上，只會在滿月之夜開的花。」

這種植物很罕見，只在暗黑大陸以及北方峽谷生長。不過他觀察過，學院裡的氣候模仿了各大陸的特性，他猜這應該是校長的主意，所以校園內才能不時看到地緣南轅北轍的動植物出沒。

所以他大膽假設這裡也有那種花。

「你說的該不會是月弦花吧？」

「你知道？」魔王好奇地挑了挑眉。

「當然，」熊驕傲地挺起胸膛，「月弦花是稀有的植物，在黑市上可以拍賣到不錯的價格喔。」

「看樣子你懂得挺多。」

「還有嗎？就只有這樣？」

「第二項條件是送我回學院，我的腳扭傷了，而且我不認得路。」魔王勉為其難地承認。

巨熊爽快地一口應下，接住對方朝自己扔來的果實後，大快朵頤了一番。牠吃得津津有味，連果核都沒放過。

吃飽之後，熊便讓少年坐了上後背，隨後便啟程開始了尋花任務。

夜晚的森林沁著寒意，魔王卻完全不覺得冷。澄黃的月亮高掛其上，所見之物都融入月光的懷抱。

羅亞難得有興致欣賞美景，熊卻嘮嘮叨叨地抱怨自己是如何來到這裡，又遭遇了多少磨難等等，看樣子還是隻不會讀空氣的長舌熊。

熊說了那麼多話，結論就是他來自獸人族，因為教學觀摩日的緣故，讓他興奮地趕在同伴前出發，卻不幸遇上了船難。好不容易千辛萬苦抵達了學院，糧食卻早就消耗殆盡。

飢餓難耐又碰上滿月之夜，剛好啟動了獸化條件。

這份似曾相識的既視感……魔王不敢再想下去，就怕一個不好心想事成了。

憑藉著動物敏銳的嗅覺，一人一熊來到了某處岩壁的下方，上面生長的正好就是羅亞想找的植物。

熊先放下魔王，再自己手腳並用爬上岩壁。牠用嘴折斷花枝叼在口中，然後依循剛剛的路線爬下來，小心翼翼地將花放在採集籃中。

「沒問題的話，我們就回去吧！」熊得意地挺起胸膛。

羅亞提起採集籃，卻突然靈光一閃。「等等，在這之前，我想問你一個問題。」

「你問吧！」熊大方地說。

「你說你來學院是為了教學觀摩日，你的家人也在此就讀嗎？」

「是的，我的妹妹！」

「那她的名字是？」

「菲莉蕬！」

魔王抽了抽嘴角，世界上竟然有這麼湊巧的事，而且獸人皇女的哥哥竟然貨真價實是隻熊男！

「你怎麼了？」熊將毛茸茸的頭顱湊近，顯然誤會了什麼，「身體不舒服嗎？那可大事不好了！」

熊迅速背起羅亞，邁動四肢一路衝回學院，深怕背上的少年出現什麼三長兩短。

看樣子，這還是隻心性純良的熊呢。

一轉眼，便到了諾蘭學院的教學觀摩日。F班的教室塞滿了學生和人數可觀的家長，米諾導師則站在入口處迎賓。

「羅亞，你的家長會來嗎？」就連白織也看起來特別興奮。

「不……會！」魔王原本想否認，下一秒卻在人群中瞥見了兩道熟悉的身影，朝這射來的灼灼目光讓人難以忽視。

那是瑟那卿和利利，他們來這裡幹嘛啊！

瑟那和利利試圖混入家長群，不料這對不尋常的雙人組合卻顯得鶴立雞群。前者穿著一襲優雅的燕尾服，帶著高禮帽，手杵著拐杖，嘴唇上還黏著誇張的白鬍子。後者的穿著更為誇張，一身宮廷宴會式的華麗深紅禮服，寬大的帽沿上還沾黏著色彩鮮豔的羽毛。

魔王盡量不要和他們對到眼，卻還是不慎嗆到了口水。

白織好心地拍了拍他的背，像個慈藹的好母親。「真是的，好好的怎麼就忽然嗆到了呢！」

這時，人群忽然爆出陣陣的詫異聲，甚至自動讓開了一條路，給魚貫走入的團體通過。

那是獸人族的行列，清一色都是粗曠帥氣的猛男，裸露著上半身，除了皮褲之外只在肩上披著各自代表的動物毛皮。

其中最引人注目的當屬他們的領頭者——獸人族的皇子。皇子的五官深邃，一身古銅色的肌膚，笑起來尤其充滿野性的魅力，在場的女性家長都差點因為心跳過猛而當場昏過去。

「哥哥！」菲莉蕬朝自家兄長大力飛撲過去。

獸人皇子寵溺地摸了摸女孩的頭，同時囑咐著：「好了，趕快到位置上坐好，不要給導師添麻煩！」

「菲菲的哥哥真帥啊！」白織由衷地發出讚嘆。

羅亞不置可否地撇過頭，獸人皇子卻忽然注意到少年的存在，朝這邊揮了揮手。

「羅亞，他是不是在對你揮手啊！」

「那是你的錯覺。」

「可是，你看他揮得更賣力了耶！」

魔王無可奈何地朝對方瞪一眼，獸人皇子這才笑嘻嘻地放下了手臂。

第二群惹人矚目的團體又出現了，是鬼族的長老率領親信來參與兒子的學院活動。

「父親……」蒔鬼害羞地上前喚了聲，看到久違的家人更是近鄉情怯。

鬼族長老原本想說什麼，卻被圍上來的眾家長一人一句搭話淹沒了。

「聽說鬼族擅長占卜，可否算算我們家族的運勢？」

「也算算我家孩子的學業。」

「我家女兒明年會不會有桃花運啊？」

諸如此類折騰了許久，才總算平息下來，家長和學生都紛紛入座。

幾乎所有的家長都到齊了，魔王看了看白織，「你的家長呢？」

「你在說什麼啊？他們早就來了，你看，在後面！」白織滿臉莫名。

白織的家庭組成有爸爸跟媽媽，以及一個弟弟跟一個妹妹。乍看下都是平凡無奇的普通人族，這樣的家庭竟然誕生雙重人格的兒子，連他都要替他們感到抱歉了。

「他們知道你是這副德性嗎？」

「這副德性是怎樣啦，我很受傷喔！」

接著課堂便正式開始，米諾導師在黑板前賣力講解，家長們則在後面觀察自家孩子的上課情形。

魔王無事可做，只能無聊地東張西望，卻注意到角落的位置是空的。他記得沒錯的話，那裡應該是巴奈特的座位，可是現在卻不見人影，這是為什麼？

還來不及細想，窗外萬里無雲的蒼穹忽然產生異變——

一陣颶風般的氣流過過，烏雲迅速在天頂交匯旋轉，不時閃現顏色古怪的電流。烏雲正中央還有個類似暴風眼的存在，正從中吐出為數眾多的魔獸。

那些魔獸的外型十分熟悉，魔王瞬間意識到眼前正在上演什麼：有人試圖建立起一條連接暗黑大陸的通道，將那裡的魔獸引渡過來，就為了掀起一場腥風血雨！

大量的魔獸湧進學院裡，平靜的求學場所頓時成為人間煉獄。

F班學生跟家長都一臉震驚，導師趕緊引導大家往安全的地方避難。魔王不得不跟著人潮移動，幾乎所有學生都湧到了戶外，準備躲進防護完善的學生餐廳。

但是在這之中，魔王卻怎麼樣都看不見夏洛特，於是只好擅自脫隊找人。他特意往人潮的反方向走，注意到校園內的情況雖然有些混亂，但幸好及時控制住了。

只見獸人皇子帶領著部下，火速疏散了人潮，同時協助抵禦魔獸們的攻擊。越是在這種危急時刻，越能看出一個領袖的領導者風範。

魔王想要往走前，不料前方卻有三隻外型像爬蟲類的魔獸緩慢地逼進，虎視眈眈地盯著他，顯然把他當成了獵物。

魔王原本想召出黑劍，讓這群不識好歹的下等生物嚐點苦頭。但才抬起手，就被人捷足先登了。

只見利利化身成龍的型態降落，將尾巴一甩，三隻魔獸頓時被拋向空中，成了遙遠天際的三顆星星。

「魔王陛下，您沒事吧！」

「利利，你來得正好，帶我去白塔。」

「白塔？為什麼要去那理？」龍疑惑地側頭。

「有一個我想見的人。」

魔王有預感，這一切都會在白塔內獲得解釋，而那個人也必然會在那裡等著他吧……

夏洛特。

怠惰な魔王の転職条件

第六章

繪本的故事

How to Change Career
from Demon King to Hero

從前從前，有一對利益薰心的兄弟，為了要爭奪老父親留下的王位，不惜兵戎相向。

於是戰爭開打了，其中一方召喚出魔獸大軍，另一方則聚集了屬於自己的各方聯軍，兩方陣營打得難分難捨。

最後，終究敵不過魔獸大軍的年幼王子竟然臨陣脫逃。他在奔逃的過程中，遇上了一名神祕的男人。對方從拿出木枝與枯骨，要求王子做出選擇。

王子想了想，決定拿下木枝。沒想到木枝到了他手中，竟變成一支象徵權力的法杖。

那名神秘男子也前往另一方的陣營，同樣提供王子選擇。年長王子取了枯骨，枯骨卻在他手中變成沉重的枷鎖，牢牢地銬住他。

但故事並未到此結束……

年幼的王子只是揮動幾下法障，瞬間就弭平了戰爭，在眾人期盼下登上王座。

哥哥只能在黑暗裡默默地飲淚，誓言要奪回屬於他的榮耀與尊嚴。

百年的漫長時光過去，某天，弟弟卻對前來討伐自己的勇者一見鍾情，果斷丟下守護一族的重責大任，只為了與心愛之人相守。雙方的戀情被視為禁忌，弟弟被除名，永遠不得再回來

「夏洛特？」

走進白塔內部，魔王憑藉直覺來到二樓，在層層書櫃間找到了夏洛特。

金髮少年正在專心地看一本書——正是當初兩人一起閱讀的魔法繪本。

少年背對著他，輕聲誦讀那篇似曾相識的故事。

「你覺得故事已經進入完結，還是現在才正要接上續篇呢？」

夏洛特似乎意識到友人的到來，自言自語地講起了繪本的後半段。

魔王與勇者的結合注定不屬於任何陣營，混血的身分讓他們的孩子從小便受盡欺凌。

在父母離去後，哥哥為了要讓唯一的弟弟幸福，決心建立一個屬於他們的世

界。重新奪回往日的榮耀，讓弟弟成為魔族之王。

只要是為了弟弟，他願意做出任何事。

浮現在心頭的那股既視感，到底是什麼呢？魔王皺眉思索，然後猛然頓悟。

其實這個問題並不難解，只是他從來就沒有懷疑過身邊的友人會對他另有所圖。但這麼一想就說得通了，他要的並不是他們之間的友情，而是他的王位。

原來，打從一開始他就知道他的身分。

「那個故事，說的就是我們兩人的祖先吧？而你，也是個魔族。」魔王不想相信，可這似乎就是事實。

「你說得沒錯，我是魔族，卻只是個混血，自然無法跟你這個純種相提並論。」

夏洛特闔上書，塞回書架上的空隙。他轉過身，眼底卻是濃濃的不以為然及輕蔑。

「你是魔族與勇者生下來的孩子的後裔，所以巴奈特也是嗎？他跟你是一伙的，對吧！」他的直覺一直都是正確的，巴奈特的身分果然不單純。

「我不是說過了嗎？我有一個弟弟。」

「巴奈特是你的弟弟?!」衝擊的事實讓魔王一時間難以消化。

「為了弟弟，我什麼都願意犧牲，即便是要奉獻生命！」

「他想要什麼？」

「很簡單啊，你的王位。」夏洛特說得一派輕鬆，右手卻默默按上劍柄。

「如果你只是單純想要我的王位，我倒是可以考慮……」

反正他本來就不是那麼眷戀自己的王位，如果此時有一個後繼者能夠代替他治理魔族，先前捨棄魔王城的臣民或許也會回心轉意。

「夠了吧，我就是看不慣你這種態度。」夏洛特咬牙，「你是在同情我嗎？王位這東西是說讓就能讓的嗎？少開玩笑了！」

「的確不能說讓就讓，但我不是誰都可以讓的，好歹你們也是魔族之王的後裔，並不是隨便的人。」

「你有什麼毛病嗎？」夏洛特不可置信地看著對方，「我要王位，但我也必須殺了你。在我跟弟弟之間，不可能容納其他人的存在。」

此時的夏洛特不再像是那個開朗的少年，羅亞的胸口像是被挖走了什麼，又冷又痛。

他不懂，對方千方百計地接近他，就只是為了復仇並奪得王位嗎？他說過要當自己朋友的話也都是假的嗎？事此至此，魔王已經不知道該相信什麼了。

「我們在火車上相遇的時候……那時有盜賊集團跑來截火車。」

魔王的心一涼，但還是想證實心中的猜測。

「其實那是你刻意安排的吧？還有那個布偶，也是用來追蹤我的道具。」

他閉了閉眼，「我就在想你怎麼老是能出奇不意地出現在我身邊，這一切，不過都是你的布局。」

夏洛特冷冷地開口：「就是你說的那樣，打從一開始，我接近你就是為了監視你，迫不得以才玩什麼友情遊戲。」

「……遊戲？」魔王皺起眉，胸口空落落的。

「要怪就怪你自己笨，我也沒想到堂堂魔王竟然如此輕易地就上鉤了，愚蠢到可笑。」

羅亞握緊雙拳。原來背叛，到頭來才是永遠不會拋下他的存在。

「出手吧。」夏洛特看著沉默的魔王，咬牙抽出自己的佩劍，擺好攻擊的架式。

「我不想跟你打。」有一瞬間，羅亞認為對方是真心想要殺了他。即便如此，他還是無法對他出手。

還沒來得及細想，夏洛特便大步衝上來，提劍砍向來不急避開的魔王。

以往充滿光明屬性的劍身彷如反應了主人此刻的心境，隱隱纏繞著淡淡的黑氣。光明陣營的勇者原本不可能使出魔氣，但夏洛特繼承了兩方的血液，現在另一方似乎占了上風。

然而，光明及黑暗本身是相剋的屬性。夏洛特是混血，本來體內的光明能夠抑制住黑暗，但如果黑暗的部分趁勢崛起、打論了平衡，體內就會陷入一種渾沌的狀態。長時間下去，理智很快就會崩潰，到時候將變成什麼都不是的怪物。

他不能放任這種事情發生。

不過，夏洛特卻像已經失去了理智般拚命攻擊。書架壑的空間狹窄，魔王避無可避，最後只好喚出自己的黑劍，將對方的攻擊一次次擋開。

「怎麼了，你的能耐就只有這樣嗎？快點出手回擊啊，你還在等什麼！」

夏洛特似乎想激發他的戰意。

但面對往日的好友，魔王無論如何都不想痛下殺手，固執地認為事情不該走到這種地步。心有顧忌的羅亞開始左支右絀，夏洛特的攻勢卻越漸凌厲，招招致命。

這時，羅亞才總算明白，金髮少年一直在隱藏自己的實力，他根本就不是他原本以為的初級新手。

「住手！我說了我不想跟你打，打贏了你對我也沒什麼好處。」

「你是在害怕吧？害怕輸了我，有損魔王的威嚴！」

「隨便你怎麼說。」

「你再不回擊，下一次可就沒那麼好運了！」

夏洛特改變戰術，砍擊的動作變得更加張狂，步步進逼。他雙手舉起劍，伴隨著強大的劍氣揮出一記斬擊。

羅亞險險側身避開，但手臂還是不幸地被掃到，情急之下，魔王反射性地斜砍出去，旋繞在黑劍上的黑氣挾帶強大的破壞力，風刃直襲對方的腰身。

夏洛特撞倒無數書架、飛向塔的另一側，牆壁也被砸出一個大洞。

「嗯……」夏洛特扶著腰上滲血的傷口，吃力地起身，動作有些搖搖晃晃的。

「夏洛特，你沒事吧！」受到驚嚇的反而是魔王，他不慎傷到了對方，一時間只覺得後悔莫及。

他想上前關心對方的傷勢，卻被夏洛特的眼神制止。

「不要過來，你最好永遠記得這一幕！」

話語方落，夏洛特往後一退，從白塔外牆的破口一躍而出。

魔王趕緊衝上前，卻看到對方已經跨坐在紅丹的背上。獅鷲展翅滑翔，朝某個方向揚長而去。

羅亞環顧校園，不知道從什麼時候開始，學院裡的騷動已經演變成全面開戰了。下方到處都能看到與魔獸戰鬥的身影，夏洛特飛往的地方似乎是騷動的中心，那裡的吼叫聲更為激烈，白煙裊裊升起，一副戰火肆虐的樣子，感覺很快就會延燒到各個角落。

魔王正呼喊著利利，想坐著他追上去，這時校長和瑟那卻趕來了，在下方揮手阻止他。

別無他法，羅亞只能從白塔出來與兩人會合，心下疑惑為什麼兩個不相關的人會同時出現，莫非校長也知道了他的……

「校長，還有瑟傑導師。」在校長面前，魔王決定還是暫時做回他的學生身分。

「小朋友，你沒事吧？」

魔王愣了愣，發現自己的手臂上沾染著怵目驚心的血痕，但他只是面無表情地搖頭。

「只是小傷，沒什麼大礙。」

倒是落後校長幾步遠的瑟那整個人都快不好了，尤其在看到鮮血淋漓的傷口後，嘴角僵硬地抽搐不止，看起來快要殺人了。

魔王刻意無視瑟那的驚嚇表情，問了自己最想知道的問題：「校長，你們怎麼會在這裡？還有瑟傑導師，你們不會是一起來的吧？」

提到瑟傑導師時，校長回頭看了一眼對方，瑟那的臉色立即恢復如常。

校長嚴肅地點了點頭，然後才說：「當然不是啊，我們是半途遇到的。不說這個了，我是來拿東西給你的。」

「東西？」

「對，你遺忘的東西。」校長表情明朗地說，「勇者之書，再忙也不能忘記這個啊！」

魔王無語地接過校長遞來的劍狀物體。

「勇者之書很重要，尤其是現在。這場騷動明顯是滅世之書引發的災難，唯有勇者之書才能解決。這兩者既是相生，也同時是相剋的存在。」

「看樣子你對這兩『本』書的瞭解不是一般的深？」

「要稱呼我為校長，小朋友。」校長面不改色地糾正，「有光存在，自然有黑暗之面。滅世之書作為勇者之書的瑕疵品，其中蘊藏的力量非常強大。」

知道魔王肯定在狀況外的瑟那，主動開口補充。

「所謂的魔法，必須遵從固有順序的一套法則，而不同的順序會導致不同的結果。」

校長點點頭。「沒錯，滅世之書的內容將世上已知的魔法文字順序全都逆行了過來，沒有人知道一旦啟動會發生怎樣的狀況。」

「像這樣？」羅亞將視線往上移，看著遠方的烏雲源源不絕地吐出各種凶惡魔獸。

然而，校長卻搖搖頭。「不，這些憑空生出的魔獸只是書中的其中一個篇章產生的效果，要是全部的篇章都啟動了，肯定會發生更加可怕的事情。現在還無從得知那會是何等的災難，但未來就難說了。」

「把那個連結切斷就可以了嗎？」魔王的目光一瞬也不瞬地盯著那個暴風眼似的中心，他的用意相當簡單明瞭，封鎖通道的出口，另一端自然就無法通行了。

「沒那麼簡單，」校長語重心長地表示，「只要書還在，通道就有可能再次打開，當務之急是要找到書的下落。」

魔王應該是這裡最後一個看到滅世之書的人，只是那本書被那個怪醫生拿走了，不知道現在又到了誰的手中。

莫非……魔王反應極快的想到一個可能性：夏洛特。

「但這本書據說在百年前就失去了蹤跡，原因眾說紛紜，」校長繼續往下說，「有人說它已被銷毀了，也有人說它被收藏在某國王室的寶藏庫。不管流言如何，真相就是，此時此刻它就在這裡。」

校長的外表無論多麼年輕，腹中蘊藏的知識含量卻貨真價實。他的言語間透出長者般的威嚴，氣勢驚人。

「啟動滅世之書時，必須有龐大的魔力才能推動陣法，但尋常之人根本不可能擁有如此龐大的魔力……當然，除了某些特定人士之外。」校長摸索著下巴，表情若有所思，「但我說的特定人士要不是早就做古了，要不就是忙著安養天年。現在竟然有人能成功撐起法陣，不覺得奇怪嗎？」

「……」不論校長想從他口中問出什麼，魔王都拒絕回答。

但校長卻擺出一副什麼都看透的神情，笑而不語。

「好了，你該走了，這場混亂該由你來解決。」

「校長？」他不明白對方此話的用意何在。

「你是勇者之書的選定之人，除了你，沒人能夠化解這次的危機。是時候證明你是否有成為一名勇者的資質了。」

魔王實在是受不了現場的氣氛。叫一個魔王解救蒼生，他不毀滅世界就已經很好了。但羅亞只是點頭同意，然後在校長期待的目光中轉身離去。

幸好利利還有點眼力，沒有以龍的姿態現身，而是在不遠處的樹林中等待著魔王。

魔王與龍族少主會合，後者二話不說地張開羽翼，載著少年飛上天空，前往暴風眼的中心。

瑟那想追上魔王的腳步，卻被身旁的人攔下，懷中還硬是被塞了爆米花。

「別急，我們只要待在旁邊看戲就好了。」

「你身為校長，怎麼能一副事不關己的態度？」瑟那有惱怒，卻沒有忘記他扮演的角色。

「魔族之間的紛爭還是由他們自己解決吧。我們只是圍觀群眾，沒必要淌渾水。」校長只是與外表完全不符的睿智的目光看了男人一眼，嘴角似笑非笑。

「你……」這個老傢伙根本打從一開始就什麼都知道！瑟那不可置信地瞪大雙眼。

「別用這樣的眼神看我嘛。我知道你在想什麼，如果你想知道答案的話，我都可以回答喔。」

「你是從什麼時候……」

「確切的時間點，」校長作勢低頭思考，然後抬起精明的眸光，「應該是打從你們踏進學院的那一刻吧。畢竟這裡可是我的地盤，要是什麼都不知道的話，我還用得著混嗎？如何，有沒有覺得校長好棒棒啊！」少年又恢復嘻皮笑臉的模樣。

「那你為什麼不揭穿我們的身分？」瑟那沉聲質問，「還是說，你打算聯合其他勇者來殲滅魔族！」

「等等，你這話也說得太嚴重了。」校長挑眉，不認同對方的陰謀論，「我只不過是覺得很有趣罷了。這年頭什麼人都可以當勇者，又憑什麼不讓魔族當呢？你說是不是？」

瑟那覺得自己和眼前這名不死族的無賴少年簡直有理說不通，他微微瞇起眼，戒心不降反升。「你為什麼可以拿得動勇者之書？」

「嗯？」校長只是滿臉無辜的將視線轉了過來。

照理來說，勇者之書只有被選中之人才能持有，校長卻輕而易舉地將劍取來轉交給魔王陛下——這就只剩下一種可能性了。

「你就是書的創造者，勇者之書的第一任主人——第六代勇者克洛維斯吧。」瑟那的話聽來就像某種指控，「我竟然忽略了這件事。大家都以為第六代勇者已經死亡，卻沒人想到他會是個不死族，還隱姓埋名地當起了勇者學院的校長。」

「你說得沒錯，」校長大方地坦承，「關於這點我也沒什麼好否認的。不過啊，我可是從未想過隱瞞此事。真要說為什麼的話，是因為從來就沒有人問過我啊！」少年的臉頰兩側浮現淘氣的酒窩，笑得更開心了。

「……你這個老不死的傢伙。」瑟那借用了魔王曾說過的話。

校長的嘴角抽了抽，額頭上浮現青筋。「我雖然已經從勇者退役了，但還是寶刀未老喔，信不信我立刻滅了你！」

對此，瑟那只是翻了個白眼，把爆米花塞回突然在意起年紀的校長手中。

「要看戲的話，得找一個視線好的地方吧？」

校長悻悻然地決定大人不記小人過，他們對視一眼，目光不約而同地移向身後的白塔。

巴奈特站在學院大廣場中央，口中喃喃吟誦著咒語，在他視線平行處漂浮著一本書，書上的字體隨著咒語一一自潔白的頁面浮現。

看樣子，他是打算強行運轉滅世之書。書中有幾個章節目前無從得知，但只是啟動了一個章節就有如此的威力，若是全部的章節成功運行的話，後果不堪設想。

這個世界，也許會在還沒獲得他允許的情況下，就被人先毀滅了。

魔王從龍背上一躍而下，看著成為風暴中心的廣場。這裡除了中央淨空之外，其他地方擠滿了肆虐的狂亂魔獸，和勉力抵抗的導師、學生，甚至是F班的家長。

接受到主人的無聲指令，利利轉身加入戰局。增加了龍族少主這個強大的戰力，對勢單力薄的守護方來說簡直如虎添翼……雖然大家不太明白為什麼前陣子大鬧學院的龍不但又出現了，還轉變立場，變成守護校園的助力。

「住手，你是無法駕馭滅世之書的，再這樣下去，你會被書吞噬的！」

「我的事不需要你擔心，好好擔心你自己吧……」巴奈特的面色蒼白，喘著氣，看起來頗為吃力。

就如同魔王所說，要運轉全部的章節需要龐大的魔力，已經遠遠超過他自身能提供的範疇。但即使如此，他還是不願放棄。雖然只勉強開了前面的章節，但只要將魔力分段輸入……

「該死，這是你自找的，就別怪我了！」魔王的臉色驟變，深吸一口氣，抽出勇者之書就要往前衝。

然而，一聲金屬碰撞聲清脆響起，夏洛特持劍擋在弟弟身前，架住了羅亞的攻擊。

「別來阻礙我們！要建立我們的新世界，就必須先破壞舊世界的運作模式！」

「夏洛特！」魔王咬著牙怒吼，抵住的劍又往前推了幾分，「你知道自己在做什麼嗎？這就是你一直以來想要做的事嗎？那個正直善良、樂於助人的勇者跑去哪裡了！」

「閉嘴，少用魔王的身分教訓我！不是說了嗎？那個勇者從來就不曾存在過，這才是真正的我！」夏洛特咬著牙狠狠說道，身上散發出的光明氣息逐漸被黑暗取代。

「你弟弟值得你如此對待嗎？你身上的傷口都是他造成的吧？」

「那又如何。」夏洛特看起來完全不在乎。

「真正的家人，不會是如此痛苦的羈絆的。」說是這樣說，但魔王也不知道自己說得對不對，畢竟有那麼長的一段時間，他都是獨自一人。

「你是不是誤解了什麼？」夏洛特的目光變得更加濃烈，「我愛我的弟弟，為了他我什麼都願意犧牲。你就看著吧，這便是我對家人的愛！」

魔王實在無法理解這種扭曲的關係，絕望地搖了搖頭。

「你清醒一點，難道我們之間的一切真的都是假的嗎？對你來說，我們的友情從來就不算什麼嗎？」

夏洛特沉默了。

「不，我不相信！」魔王的語氣激烈，「你對我說的話，難道就沒有一句是出於真心？我們共同經歷了這麼多，不管是過去的你還是現在的你，對我而言都只有一個夏洛特。」

「不要再說了……」

「如果……我能早點認識你就好了。」這樣他們是不是就能減少很多孤獨的時光，不再被各自的心魔束縛？「這樣，我們是不是就有機會成為真正的朋友？」

羅亞不自覺地放鬆了壓在劍上的力量。

「我啊……還是很想做你的朋友。」他對上夏洛特的視線，彷彿能望進他的靈魂深處，「因為，我相信你不是你自認的那種人。你值得擁有自己想要的未來。」

「閉嘴、閉嘴！」夏洛特嘶聲喊到，身上的魔氣爆發般地湧現，「我叫你閉嘴！」

金髮少年猛然施力，瞬間揮開羅亞的劍，然後趁勝追擊，橫劈、斜砍樣樣都來。他像是被逼到了絕境，不顧一切地攻擊再攻擊，憑藉著高超的劍技，一度讓魔王居於下風。

兩把劍再次交擊，原本應該是光明與黑暗之爭，但光明的一方卻逐漸被黑暗吞噬。金髮少年殺紅了眼，距離理智崩潰想必不遠了。

羅亞意識到這樣下去不是辦法，必須速戰速決才行。

「對不起了。」他輕聲開口，下一刻便側身閃過夏洛特的攻擊，順勢一躍而起，突破了金髮少年的防線。

魔王的目標相當明確，以迅雷不急掩耳的速度來到巴奈特的身前，雙手緊握勇者之書，在對方的眼中閃現茫然時，猛力往前一刺——

然而，就在那一瞬間，有道身影更快一步地擋在了他們之間。

「啊……」

劍尖狠狠沒入對方的身體，從背後探出了下半截的劍身。

眼前這一幕彷彿以慢動作上演，鮮豔的血花四濺，以弧線濺灑了一地，少年隨即虛軟地倒下。

羅亞立刻丟開劍柄，上前一步接住對方，心中有股奇異的感受擴散開來，是挫折也是震驚，更多的卻是悲慟……

瑟那在瞬間趕到，目睹了這怵目驚心的一幕。事情竟然演變成這樣，管家忽然對魔王產生深深的愧疚。

要是他在場，事態根本不會發展成這樣。更重要的是，他擔心魔王可能會……

魔王一動也不動地抱著氣若游絲的夏洛特，良久，他木然地感受到臉上的溫熱液體。直到視線全被這討人厭的液體占據，他才恍然驚覺自己出現了什麼變化。

他在哭泣，為了即將失去一名友人而悲慟不已。

瑟那的臉色瞬間一沉。「陛下，你這是在幹什麼？屬下沒看錯的話，您不會是在哭泣吧？這不應該是魔王做的事情。」

「我、我也不知道……」然而，魔王只是茫然地這麼回應。

瑟那無可奈何地嘆了一口氣。「早知如此，當初就不應該讓陛下來就讀這所學院。您啊，真的是一天比一天還要像勇者了呢……」

「羅、羅亞……」夏洛特好不容易緩過來，顫抖地開口。

此時他體內的黑暗屬性再度被光明覆蓋過去，即使充滿痛苦，眼神又回復成他熟知的那名少年。

「你不要說話，我一定會讓你好起來的，我保證！」魔王顫抖的手撫上夏洛特的胸口，想使用治癒術，又不知道將勇者之書拔出來之後會發生什麼事。

少年臉上的淚痕未乾，不自覺又湧出新的淚水。

「我可以拜託你一件事嗎？」

「什麼事？」

「不要傷害我弟弟。其實他是個好孩子，只是還沒學會要怎麼跟人相處。」

「為什麼都到這時候了還要維護你弟弟？為什麼不能多為自己著想？還有我，我對你而言到底算什麼！」魔王聲嘶力竭地怒吼。

「對不起，真的對不起……」夏洛特只是一再道著歉，目光逐漸渙散，身體也變得冰涼，「我其實……真的很想當你的朋友，請原諒我……」

「你在說什麼傻話，我們一直都是朋友啊！」

金髮少年虛弱地笑了。

「你還記得嗎?在火車上的時候,你答應過會實現我的任何要求,現在我需要你實現它!」

羅亞握緊了夏洛特的手。

「拜託你,一定要活下去!」

然而夏洛特的眼睛已經半闔上,眸光失去了所有的生氣。

他在乎的人,已經不在了。他抱著的,不過是一具沒有靈魂的軀殼。

「不!!!」羅亞慌張失措地搖了搖懷中的少年,顫抖著碰了碰對方的臉頰,卻觸手冰涼。

這不是真的。羅亞收緊了手臂,將臉埋在對方身上,想感受最後的溫度。

他從來沒想過他們會迎來這樣的結局,分隔他們的,竟然是猝不及防的死亡。

此時,身旁傳來了令人毛骨悚然的淒厲慘叫。

「哥哥啊——!!!」

怠惰な魔王の
転職条件

第七章

宿命的終結

How to Change Career
from Demon King to Hero

滅世之書引發災難依然在學院各處延燒，學生、導師及家長都忙著抵禦魔獸兼努力滅火，一時間周遭充斥著各種雜亂的聲音，有驚恐、擔憂、吶喊……

菲莉蕬的獸耳意外捕捉到淒厲的慘叫，隨即動身趕了過去——

只見樹上一名眼鏡少年緊緊抱著枝幹求救，底下還有兩隻魔獸虎視眈眈地徘徊，等待獵物自動放棄求生意志。

「小白！」

菲莉蕬立即飛撲過去，張口咬住一隻魔獸的背部，由於獸人皇女的力氣大得驚人，那隻魔獸瞬間被狠狠地甩開。另外一隻魔獸隨即上前攻擊，卻被花豹的爪子狠狠撕扯，留下了怵目驚心的傷痕，只能落荒而逃。

「小白，可以下來了。」

「是菲菲？」白織的手不禁鬆開，直接屁股朝地墜落，痛得他眼眶泛淚，「妳怎麼變又這樣子了！還有這隻熊是？」

在獸人皇女的獸化型態旁邊，有一頭體型更為巨大的熊。強而有力的熊掌拍擊地面，連大地都為之撼動，背上隆起的肌肉更加讓人難以忽視，散發出稱霸動物界的王者氣勢。

白織不禁屏住了氣息。

「這不重要啦，我們去找其他人吧，」菲莉蘇懶得多做解釋，「你先坐上來再說。」

好心的花豹女孩打算免費提供她的背部給眼鏡少年搭乘。

「不了，我還得去找我的家人呢！」白織忍痛拒絕，只能暫時與獸人女孩道別，「別擔心，等找到我的家人再去跟你們會合。」

「那好吧，你多多保重。」

說罷，獸人皇女跟著哥哥往另一個方向離開，看起來是去尋找其他正等待救援的對象。

白織努力鼓起勇氣，準備在戰場環繞的情況下，繼續摸索著前進。

然而，不知從哪飛來了一顆石子，準確無誤地砸中了他的臉。下一秒，只聽得眼鏡清脆的碎裂聲。

額上滲出了一道血痕，少年無所謂地耙了耙頭髮，順手將毀壞的眼鏡丟開，眼中燃著怒意。

「是哪個不長眼的傢伙？洗好脖子等著吧，看我不把你揍得連你媽都認不出來！」

「白織……不，白銀，對不起，是我踢到了石頭……」

蒔鬼不知道從哪裡冒了出來，身後還跟著父親和族人。

白銀嘖了一聲，揉了揉鬼族少年的頭。「算啦，你沒事就好。你知道大家都去哪了嗎？」

「現在學院裡最安全的地方就是餐廳啦，非戰鬥人員的人應該都往那裡去了。」齊格又搶了蒔鬼的話。

「我們剛剛被衝散了，現在也正在去學餐的路上。」蒔鬼顫抖地說，「只是……現在魔獸越來越多了……」

「阿蒔，別擔心，只要我們族人在一起，就不會有什麼事的。」鬼族長老出聲安撫兒子慌亂的情緒，但自己的臉色也有些蒼白。

「可是長老，我們這樣真的沒問題嗎？」一名族人卻不安地問道。

只見他們周圍幾乎全都陷入火海，刺鼻的煙硝味瀰漫，同時夾雜著魔獸的咆哮聲。

「問題明明就很大。」齊格不打算自欺欺人，選擇直接吐槽。白銀贊同地點了點頭。

鬼族長知這樣下去不是辦法，哭喪著臉對同伴精神喊話：「雖然鬼族的專長不是戰鬥，但危急時候，我們必然會成為一股助力。準備好了嗎？」

「是！」所有人齊聲應和。

「那我們就衝吧！」

話語甫落，幾乎所有鬼族人都拋開了平時的偽裝，將自己武裝成惡鬼型態，凶神惡煞地突破重重火海。

蒔鬼呆愣在原地，看了看手中的布偶，齊格微微聳肩。他只好小心取下布偶收好，惡鬼化之後與其他族人一起突破火海前進，白銀則默默尾隨在後。

就在魔獸之亂的最中心，巴奈特渾身顫抖不已，臉色死白地盯著羅亞懷中渾身浴血的夏洛特。比起哀傷，紅髮少年臉上浮現更多的是恐懼。

「你、你做了什麼好事……」

「對不起、對不起……」魔王只能一次又一次地重複夏洛特最後對他說的話。

「我哥哥，他是我唯一的家人，沒了他我又該怎麼辦呢……」巴奈特的聲音突然變得很奇怪，不斷喃喃地重複類似的句子。

看起來，他已經失去了理智，陷入心神大亂的茫然之中。

但魔王已經顧不上那麼多了，如果連自己珍視的人都守護不了，那其他人的命運又跟他有什麼關聯呢？羅亞只是放任自己沉浸在心碎之中。

「振作點，魔王陛下！」反倒是瑟那看不下去了，他露出一臉嫌棄，「您貴為一族之王，怎麼可以輕易地在外展露自己的脆弱面呢？何況對方還是個勇者，不需要浪費心力。」

不是他無情，是事已至此，既然無法改變現況，倒不如盡快抽離哀慟的氛圍。更何況他們兩方本來就屬於對立的陣營，這事要是傳出去，恐怕世人真要對魔王陛下徹底改觀了。

魔王卻恍若未聞，茫然地注視著懷中的少年。

「小朋友啊，校長我真的是很討厭看到相愛相殺的劇情耶。」不知在旁默默關注多久的校長拿著桶爆米花，發出不適合宜的感嘆，「相親相愛不好嗎?偏偏就要搞到這局面。你說對嗎，瑟那大臣?」

「我不是大臣，不過是一名管家。」聽到輕浮少年的言詞，瑟那更為光火，「你是學院的校長，就不能想想辦法嗎?還把所有責任都推給你的學生，簡直怠忽職守!」

「他可不是普通的學生。是魔王的話，當然就要另當別論囉。」

「你……」瑟那咬了咬牙，卻想不到任何反駁斥的方法，頓時更加氣惱了。

「總之，快叫你的魔王陛下把眼淚擦乾吧，畢竟還有事等著他處理呢。」

「魔王陛下已經不再是當初那個魔王陛下了……」瑟那有些黯然神傷。

「在說什麼呢!主僕兩人不要同時都這樣好不好。」校長沒好氣地翻了個白眼，「而且，再這樣下去，會趕不上讓夏洛特同學復活的時機的。」

「什麼?!」主僕二人同時詫異地看著校長。

與此同時，巴奈特終於受不了內心的煎熬，理智崩毀殆盡，形勢猛然急轉直下。

腦袋一片混亂的他徹底失控了，魔力在他體內不斷橫衝直撞，像是尋求著最近的出口，結果反倒受了滅世之書的影響，整個人魔化了。

只見他的身型逐漸的改變，連最初還保有人形的樣貌也漸漸消失，吸收了滅書之書的本體，成了一隻看不清真切樣貌的龐然怪物。

像是吸收了天地間所有光明與色彩的濃黑怪物仰天嘶吼，揮舞著巨大的手臂，整座廣場、連同其上的無數魔獸，都在瞬間被毀壞殆盡。

瑟那緊急架起防禦屏障，才讓他們幾人逃過一劫。

但怪物似乎並不滿足，他的存在僅僅只是了破壞，所以很快地轉移了陣地。他拖著巨大的腳掌前行，不在乎沿途壓垮了多少建物。

「事情真的越來越不可收拾了……」這完全出乎瑟那當初的預料，看來他們是不可能全身而退了。

「校長，」魔王突然出聲，他知道自己必須阻止這一切，魔族闖下的禍就該由魔族來收拾，「你剛剛的話是什麼意思，人真的可能死而復生嗎？」

「當然不可能啊。」

「可是你不是說……」

「但那是指一般的情況下，」校長出言解釋，「夏洛特同學還沒真正死絕，還有一口氣在，畢竟傷了他的可是勇者之書啊。勇者之書是聖物，對勇者不會有半點傷害。夏洛特同學的情況雖然特殊，但因為是混血，所以體內還是有一半的勇者血統，也就是說他仍存有一線生機。」

「具體而言是要怎麼樣做？」魔王問。

「還記得你與夏洛特同學簽訂的學伴契約嗎？」

「記得。」

「其實學伴契約還有個隱藏的咒文，就是為了應付像這樣的緊急情況。如此一來雙方的關係將會變得更加緊密，不過必須先達成十分嚴苛的條件。」

「不論什麼我都願意去做。」

「重點是，犧牲。」

「犧牲？」魔王平靜的臉上看不出絲毫情緒。

「必須折損自己百年的魔力，換取死而復生。」校長緩緩吐露嚴峻的限制，「你能辦到嗎？」

「可以。」魔王卻不假思索地一口答應，「請讓我試試看。」

「魔王陛下，你瘋了嗎！」瑟那聽到這邊，再也無法沉默下去，「折損百年的魔力換取死而復生，需要做到這種地步嗎！」

「瑟那卿，我知道自己在做什麼。」

「可惡……」早知如此，就不該讓魔王進入什麼勇者學院，瑟那現在只有滿滿的懊悔。

「既然你心意已決，那麼就開始吧。」校長說。

魔王點了點頭，雖然沒有人告訴他應該怎麼做，但重新握住勇者之書後，他的腦海中卻自動浮現清楚的步驟。

他動作輕緩地將少年放到地上，默念咒文，啟動了學伴契約。他一手緩緩拔劍，另一手平貼在對方的胸口上，將自己的魔力一點一點地傳送給對方。

不用多久，冰涼的軀體逐漸恢復了暖度，臉色也紅潤了許多。校長說得沒錯，夏洛特開始有了生命跡象。過程中，羅亞並不感到痛苦，只是有些疲倦。

最後，夏洛特動了動纖長的睫毛，張開了雙眼。

他彷彿大夢初醒，起初還搞不清狀況。「羅亞，我為什麼會在這裡，我不是死了嗎？」

「歡迎回來。」羅亞只是面露淺淺笑意地說。

金髮少年怔了怔，苦笑了一聲。「對不起，我回來了。」

「真是令人感動的畫面。」校長滿意地點頭，瑟那的臉則是臭得不能再臭。

起身後，夏洛特環顧四周，然後意識到一件事情。他驚恐地看著才把自己從死神手中奪回的少年。

「巴奈特呢？你不會是把他殺了吧？」

魔王搖了搖頭，然後指了指空中。

與此同時，遠方某處爆出一聲淒厲的咆嘯，隨之而來的便是巨大的撞擊聲。顯然怪物仍然在校園內大肆破壞。

「那個是，巴奈特……？」夏洛特不趕置信地確認。

「你弟弟失控了，結果反而被滅世之書吸收了力量，徹底同化成一隻怪物。」瑟那口氣惡劣地補充說明。

少了眼鏡的偽裝效果，夏洛特驚訝的看了看管家。「瑟那先生，你怎麼會在這裡？自從下火車之後，真是好久不見了呢。」

看來金髮少年的天然屬性沒什麼演出成分，這下又發作了。

「……給我閉嘴。」瑟那已經不曉得該對眼前的少年下什麼評論了。

「走吧，要一起來嗎？」魔王冷冷的音調再度讓眾人正視眼前的情況。

「這次，我會幫助你，但可否聽我一個請求？」夏洛特的心願至始至終只有一個，「別殺我弟弟。」

「我知道了。」魔王語氣堅定地回應。

「那你們要怎麼去呢？學院很大，如果靠兩條腿走的話可能會趕不上對方破壞的速度喔。」校長好心地提出疑問。

「我有寵物。」魔王只是耐人尋味地說，隨後將兩指放入手中，吹出一聲極為響亮的哨音。

瑟那覺得極為荒謬，嘴角扯出弧度。「又不是狗。」

說時遲那時快，某隻龐然大物揮動著四肢以超高速衝了過來，龍眼閃爍著興奮的光彩。「什麼事，魔王陛下。」

「堂堂的龍族少主，這樣是成何體統！」瑟那開始深深地懷疑起，魔王城中是不是只有自己是正常人。

「我現在只是一隻寵物！」利利十分驕傲地宣誓自己的立場。

「龍？牠不是那個……」夏洛特驚訝地瞪大雙眼。

校長則又是露出一臉老謀深算的微笑，看樣子也是什麼都知道了。

「載我們到怪物的附近。」魔王清楚地下達指令，龍順從地彎下身讓兩人爬到自己的背上，隨後振翅飛往空中。

片刻後，他們在不遠處看見大肆毀壞著所到之處的一切事物的怪物。

夏洛特拍了拍粉髮少年的肩。「讓我先下去吧。」

龍漸漸下降高度，在接近地面時放緩拍翅的速度，讓夏洛特從龍背上一躍而下。確定對方雙足落地後，利利瞬間直衝天際，待在怪物的附近，靜觀其變。

夏洛特收起了劍，他想要在與弟弟拔刀相向之前，先試試看能不能溝通。

「巴奈特，是我，我是哥哥啊，我還活著！」

但巴奈特恍若未聞，仍然持續爆走中。

這回夏洛特決定放大音量，透過擴音魔法讓對方注意到他。

「我是哥哥，我沒有死，所以小巴，求求你清醒一點，別讓滅世之書控制你的心智啊！」

這招很快地奏效了，巴奈特注意到了腳邊有一個小小的人影，龐大的身軀轉了過來。但他沒有理會對方是誰，只是抬起腳狠狠踩下去。

「咦？」夏洛特在千鈞一髮之際驚險地避開，「小巴，你忘記哥哥了嗎？我們回家去吧，即便沒有王位，我們依然能幸福地生活在一起！」

巴奈特已不是那個巴奈特了，魔王見狀更加堅定了這個念頭。他的身心已全被滅世之書占據，現在不過是頭聽不懂人話的怪物。多說無益，必須要將其殲滅！

「利利。」

聽話的龍立即遵循主人的指示，張嘴吐出一口龍焰，怪物被燒得有部分發出焦臭，忍不住發出痛苦的慘叫。

但怪物馬上側過身，揚起尾巴狠狠一掃，擊中了龍身。龍抵禦不了巨大的衝擊力，從半空墜落，魔王及時跳開才避免了被壓扁的命運。即便如此，剛才那一擊他也不是完全沒受到影響。

「羅亞，你沒事吧？」夏洛特趕忙跑過來與友人會合。

「我沒事。」魔王只是簡單交代自己的狀況，扭頭看向已重新爬起的龍，「利利，你沒——」

「可惡，老子可是尊貴的龍族少主啊！」看來理智斷線的人又增加一位了，龍迅速重振旗鼓，露出猙獰的笑容飛往空中，再度與怪物纏鬥在一起。

「你的寵物看樣子脾氣不太好……」夏洛特苦笑著說。

魔王不置可否，轉頭過來看著金髮少年。「那隻怪物發瘋了，所以已經不認得你了。」

「你說的怪物可是我的弟弟啊，」夏洛特一臉泫然欲泣，「我也知道，可是我就是沒法放棄他啊……」

「嗯……」

在魔王深思的時候，勇者之書忽然有了動靜，劍身像是感應什麼般頻頻震動。羅亞將劍拿在手中，劍立即朝前飛竄而去，手握劍柄的他也只能跟去看看究竟是怎麼回事。

「它好像要帶我去看什麼……」

夏洛特也跟上去一探究竟。

天上的戰鬥仍在持續，怪物與龍的激戰一時難捨難分。兩人來到了怪物的腳邊，在腳跟的部分赫然發現了滅世之書的本體，原來它將自己隱藏在這裡。

羅亞和夏洛特默契地對視一眼。「只有勇者之書才能破壞滅世之書。」

魔王想起校長曾經說過的話。

「那我們就行動吧……」

夏洛特自動退開幾步，魔王握著勇者之書，深吸了一口氣，然後二話不說就朝滅世之書猛力揮落。這一砍，足以讓一切都在瞬間畫下休止符——

然而，事情卻沒有這麼簡單。

在砍到滅世之書前，勇者之書像是碰上了什麼阻隔，頓在空中砍不下去。

「好硬……」羅亞握著劍柄的手逐漸發疼，他緊咬下顎使力，還是文風不動。

「怎麼可能……」

就在這時，怪物發現了腳下的動靜，一拳往下砸落，兩名少年都因為閃避突如其來的攻襲而受了傷。

但羅亞仍然不打算放棄，他趁怪物的注意力再度被龍引開，衝上前去一下又一下地砍擊。怪物見狀，又是回以更為猛烈的襲擊。

夏洛特側身閃過碰撞所導致的一連串落石，吃了好幾口泥土才又站了起來。他來到了魔王的身邊，一起握著劍柄施力。

「讓我來幫你！」

「可是，勇者之書認主……」

但奇怪的事情發生了，勇者之書竟然接受了夏洛特的碰觸。有了另一人的助力，劍握起來更加輕鬆。

魔王頓時懂了，跟自己原先的猜測一樣，夏洛特果然也有著成為勇者的資質，只是他本人尚未意識到這點。夏洛特的勇氣就是他的武器，羅亞能從對方身上感受到那比一般人更加正直的力量。

魔王不自覺地笑了。

「你在笑什麼？」夏洛特疑惑地看向對方。

「沒什麼，我只是預見到我們會有不錯的結局了！」

只要同心協力，就能在瞬間發揮極致的效用。魔王的黑暗屬性融合夏洛特身上的光明屬性，兩股相斥的力量竟然合而為一，化做一波強而有力的能量，注入到勇者之書身上。

傳說之劍頓時白光激發，劍尖瞬間沒入滅世之書的本體，怪物也隨之崩毀。

在白光消散後，一切都恢復了原貌。

怠惰な魔王の転職条件

尾聲

How to Change Career
from Demon King to Hero

「哥哥……」

「小巴，你沒事吧！」夏洛特立刻緊緊抱住剛甦醒的巴奈特。

巴奈特還有些迷糊，不知道自己身上發生了什麼事。

「怎麼回事，我的頭好重啊……」

「都過去了，別擔心，哥哥會陪著你。等事情結束後，我們就回家去吧！」

「不……」巴奈特張口想說些什麼，直到看到了站在旁邊的魔王。

他的眼神一凜，殺氣畢露。「不好！你答應我的事呢？我的王位呢？你是要我放棄一切嗎？」

少年的連環逼問，讓他在另一名少年面前又變回那個任性的弟弟。

「可是……」夏洛特為難地垂下了頭，不知該如何面對咄咄逼人的弟弟。

他們是魔族與勇者的混血，但在光明與黑暗間，哥哥選擇了光明的一方，而弟弟卻與黑暗為伍。

「你給我滾開！」弟弟不領情地推開哥哥，狼狽地起身，焦急地左顧右盼，尋找著滅世之書的身影，「為什麼每個人都要來阻止我？我不過是想獲得幸福，有那麼困難嗎！」

「給你王位，你就會感受到幸福了嗎？」魔王冷靜地詢問。

「這是我們的事，不需要你這個外人插手！」

「我確實是不懂你們兄弟之間的事，但我很羨慕你。」

「啥？羨慕？」巴奈特一臉古怪地盯著魔王，彷彿對方剛才說了什麼匪夷所思的話。

「我是獨生子，沒有兄弟的陪伴。我以為，你有哥哥的陪伴，已經是很幸福的事情了。」魔王發自內心地說。

巴奈特咬了咬牙，惡狠狠地瞪向對方。「算了，就算沒有滅世之書的幫助，我一樣能殺了你，靠我自己奪回屬於我的王位……」

「小巴。」

夏洛特起身，走到了弟弟面前。靜靜地凝視著他，然後抬起手，無預警地甩了對方一巴掌。

巴奈特踉蹌了幾下，白皙的臉龐瞬間泛紅一片。他痛苦地捂著臉頰，不知所措地看著兄長。

「哥哥……？」

「對不起。」夏洛特緊緊的抱住內心傷痕累累的弟弟，他又何嘗不是呢？就是因此如此，他才不希望兩人到最後都只能陷入痛苦的深淵。

他們真的錯了，這回真的錯得離譜。

巴奈特感受到哥哥的體溫，再也抑制不住地流下淚水。原先還只是輕輕地哽咽，到最後變成嚎啕大哭。

他心底也藏著很多話沒說，他知道，他一直都是那個任性的弟弟，也知道哥哥為了彌補多年前的意外，對他百般遷就。他只是希望，哥哥能像哥哥一樣，拿出兄長的樣子訓斥他……讓他以他為榜樣……

「對不起，哥哥。」

所有的紛紛擾擾終於畫下句點，魔獸之亂也在不久後被學生、導師以及前來觀摩的家長聯手擺平。雖然校園再度遭到重創，但幸好沒什麼重大傷亡，而且假期將至，學校有兩個月的時間可以重建。

然而，落在魔王肩頭上的事情，可不會如此輕易地結束。

勇者之書已經不再屬於他了。應該說勇者之書與滅世之書本來就是一體兩面，在那天的戰鬥後，兩本書便合為了一體。就如同世界上所有的事物那樣，同時擁有著光明與黑暗的一面。

現在的這本外觀樸素的皮革磚頭書，就是聖物的真實樣貌，而它也被妥善地存放在校長室內保管。畢竟校長的來頭不小，誰敢在他眼皮底下亂來，無疑是自找苦吃。

當然，校長身為第六代勇者的事，魔王已經聽瑟那說過了，因此現在他對校長擺出的臉色就更差了。

「來，這個拿去，不用感謝我沒關係！」校長笑吟吟地遞出護貝過的一張證照。

「這個是……？」魔王挑了挑眉，他有預感，他不會想知道那是什麼東西的。

「喔，那個是王國核可的特級勇者證照一張！」校長很快地給出答案。

魔王也立即表示他沒什麼興趣。「這個我不需要。」

「別這樣嘛，那是達成特殊事蹟的人才能獲頒的證照唷。相信我，以後它會很好用的。」

衝著校長這句話，魔王決定勉為其難地收下。隨後連招呼都不打，轉身就走出了辦公室。再過不久，學院即將迎來第一波假期，他還得回去整理行囊。

校長微笑著目送著少年離去的背影，然後目光一轉，落在偌大桌面上放置的合照上。照片上是青年外觀的他，以及另一名黑髮男子。

「他真是越來越像你了，果真是你的孩子。」

羅亞如願回到了至今仍空蕩蕩的魔王城，然後彷彿中了什麼詛咒，從踏進房間的那一瞬間開始，立即變回一條死魚。他歪倒在地上的枕頭堆裡，開始玩起有些生疏的遊戲。

瑟那不禁遠望。轉職前跟轉職後到底有什麼變化，誰可以來告訴他啊！

「吶，瑟那卿。」

「什麼事，魔王陛下？」

「當勇者果然不怎麼適合我，我不回去了。」魔王不急不徐地說著，語調十分慵懶。

瑟那聽得心驚膽跳，眼皮狂抽。「你說什麼！！！」

他確實是不希望讓魔王繼續讀什麼勇者學院，但半途而廢也依然不是他的作風！

可惡，這下他只能使出壓箱的手段了……

兩個月後。

魔王的頭髮在這段期間長長了不少，可他本人毫無自覺，也完全不在意。

今日的早晨就如同過去的五十九天，對少年而言，依然是神清氣爽耍廢耍滿的一天。

不，或許有那麼點不同。

魔王城許久未響的門板被人敲響了，瑟那認命地前去應門。

沒過多久他又回到魔王眼前，繼續當個礙眼的存在。「魔王陛下，找你的。」

「不去。」魔王一口回絕，但抗議無效，他已經被大逆不道的屬下拖到大門口去了。

來到了門前，魔王詫異地發現來者是久違的友人。「你們……」

獸人皇女首先熱切地打了招呼，對她而言，朋友就是朋友，是不是魔王都無所謂。

「嗨嗨，好久不見！我們來找你去上課了，你應該不會是不打算回學校了吧？」

「順帶一提，今天開學喔。」夏洛特也從門板後探出頭來，不管是金髮還是笑容都閃耀得刺目。

白織則一臉緊張地湊了過來。「羅亞，你真的是魔王嗎……」

「嗯。」這時候否認也不太對，魔王只能點了點頭。

白織立即雙眼一亮，伸出手來。「請跟我握手！」

雖然是莫名其妙的請求，但魔王還是照辦了。

白織不可置信地看著自己的右手，還用臉磨蹭了幾下。「我竟然跟魔王握手了！」

「各位，我已經不打算……」

「別擔心，陛下隨時能與你們同行！」看來瑟那已經預謀很久了，他立刻不知從哪拿出了整理好的行囊。

魔王臭著一張臉。硬是被強迫去上學，換做是誰都不會痛快。他的叛徒管家看起來也做好了出遠門的準備，看來向來貫徹始終的那傢伙，還沒玩膩扮演瑟傑導師這個角色。

「為什麼他也在這裡？」魔王指的是巴奈特，他還是不怎麼喜歡他。

「你以為我樂意嗎？要不是哥哥苦苦哀求我，相信我，我早就往你臉上揍一拳了。」

巴奈特還是不怎麼討人喜歡，不過他刻意走到魔王身邊才低聲這麼說，對外他還是那個人見人愛的模範寶寶。

「你說什麼……」

「你們怎麼了，不要吵架啊！」夏洛特連忙跑過來，緩和劍拔弩張的氣氛。

「喔，順帶一提，魔王城的員工都是被我們挖角走的，所以你現在不過就是個有名無實的魔王！」巴奈特接著又重重補上一槍。

「……」

「對不起，羅亞，我沒告訴你這件事。不然我把員工都還給你好了，反正我們也不需要那麼多人。」夏洛特好心地提議。

「不需要！」魔王氣結。這兩兄弟是怎麼回事，存心想要找碴嗎！

「哥哥，別跟他廢話那麼多，很快暗黑大陸上的一切就會都屬於我們了！」看來巴奈特依然野心勃勃。

魔王決定大人不記小人過，把某人的事先擱在一邊。

「喂，你還欠我一個請求，記得嗎？」他拉住夏洛特的手。

「嗯嗯，我記得。」夏洛特有些擔心對方會提出他根本辦不到的事。

「我希望你能答應我，我們要一輩子做彼此的朋友。」魔王眨了眨眼，揚起淺淺的笑容。

「好的，我答應你！」夏洛特驚喜地展露笑顏，在陽光的照耀下無比燦爛。

「你們怎麼這麼慢，我們快趕不上火車啦！」遠處傳來友人的熱情呼喊。

接下來，又會是怎樣雞飛狗跳的校園生活呢？羅亞竟然有些期待起來了。

——《怠惰魔王的轉職條件04》完

——《怠惰魔王的轉職條件》全系列完

怠惰な魔王の
転職条件

後記

How to Change Career
from Demon King to Hero

終於來到故事的尾聲了，不知道讀者覺得收尾怎麼樣？

如果有想說的話，可以到我的粉絲團上來留言喔。只要在臉書的搜尋欄上打「雪翼的寒舍」就會出來了，也歡迎私訊，我只要有空都會回覆！

好不容易完結了，本來是想多說些什麼，但因為在打後記的當下已經逼近凌晨三點，我好不容易才趕上截稿的死線，現在腦袋一片空白，整個人都快要虛脫了。

真的對我的責任編輯感到很抱歉，因為我開夜車的話，她勢必也得一起開夜車。編輯除了要看我的稿還得要校稿，真的是非常不好意思！

最後，除了要謝謝我的責任編輯和繪師泱泱大國老師，也非常感謝體恤我的家人，當然還有能夠看到這裡的你們。謝謝大家對魔王這部作品的支持。

雖然羅亞的故事告了一段落，但他們的冒險並不會就此畫下休止符。魔王仍舊為了他的轉職生涯努力不懈地奮鬥中，也希望大家為了將來能過上爽爽的退休生活，努力轉職去吧！(?)

結束之前，讓大家一人說一句話吧。

魔王：我可以不要再上學了嗎？

瑟那：在魔王陛下說這句話之前，請充分考量自己的立場和責任。不然眼下的您就和條死魚一樣討人厭呢，呵呵。

利利：身為龍族少主，明明應該有更多戲份的，可惡！

校長：不知道今年又會迎來什麼樣的有趣新生呢？

白織：為什麼我的存在感就像我的眼鏡一樣，脆弱得不堪一擊？

白銀：別擔心，就讓白銀大爺來承擔你所有的帥氣吧！

菲莉蘇：肚子又餓了……

獸人皇子：妹妹，我這裡有新鮮的野果，是一位好心少年贈給我的喔，要吃嗎？

蒔鬼：等等來占卜看看我今年的運勢吧……

齊格：阿蒔，有我在你就會很好運的，相信我！

在眾角色盡是說些毫無建設性的話之後，後記就先到這邊結束，希望還能有下一部作品與大家見面！（揮手）

雪翼

高寶書版集團

輕世代 FW333

怠惰魔王的轉職條件04(完)

作　　者　雪　翼
繪　　者　泱泱大國
編　　輯　林雨欣
美術編輯　林鈞儀
排　　版　彭立瑋
企　　劃　方慧娟

發 行 人　朱凱蕾
出　　版　英屬維京群島商高寶國際有限公司臺灣分公司
　　　　　Global Group Holdings, Ltd.
地　　址　臺北市內湖區洲子街88號3樓
網　　址　www.gobooks.com.tw
電　　話　(02) 27992788
電　　郵　readers@gobooks.com.tw（讀者服務部）
　　　　　pr@gobooks.com.tw（公關諮詢部）
傳　　真　出版部　(02) 27990909　行銷部 (02) 27993088
郵政劃撥　50404557
戶　　名　三日月書版股份有限公司
發　　行　三日月書版股份有限公司/Printed in Taiwan
初版日期　2020年6月

國家圖書館出版品預行編目(CIP)資料

怠惰魔王的轉職條件04 / 雪翼著.-- 初版. -- 臺北市：高寶國際, 2020.06-
冊；　公分. --

ISBN 978-986-361-839-3(第4冊：平裝)

863.57　　108021888

三日月書版

三日月書版

GOBOOKS
& SITAK
GROUP©

GOBOOKS
& SITAK
GROUP©